Femme
PASSION

DOUCE VENGEANCE
Tome 1

Dans la même collection

NORA ROBERTS

DOUCE VENGEANCE
Tome 1

FEMME PASSION

Titre original :
SWEET REVENGE

Première édition par Bantam Books, Inc., New York – Janvier 1989

Traduction française de Olivier de Broca

© 1988 by Nora Roberts
© 1993, U.G.E. Poche Femme Passion, pour la traduction française
ISBN : 2.285.00908.9
ISSN : 1150.4005

1

NEW York, 1989

Stuart Spencer avait horreur des chambres d'hôtel. Le seul bon côté de son voyage à New York, c'était que sa femme, restée à Londres, ne pouvait lui taper sur les doigts pour l'obliger à suivre son régime. Il en avait même profité pour commander un coq au vin à la réception.

C'était un homme rond, au front dégarni, mais dont le visage n'avait rien de précisément jovial. Un panaris au pied – doublé d'un rhume persistant – le rendait d'une humeur massacrante. Spencer rêvait d'un bain chaud, d'une tasse de thé Earl Grey et d'une bonne nuit de sommeil. Mais il commençait à redouter que ce beau programme ne soit retardé par le visiteur silencieux qui lui tournait le dos, debout devant la fenêtre.

– Bon, si on en venait aux faits, lança Spencer dans l'espoir d'activer le mouvement.

Philip Chamberlain écarta légèrement le rideau. La fenêtre donnait sur le mur en béton d'un immeuble en vis-à-vis.

– Jolie vue, commenta-t-il. Cela vous donne une atmosphère chaleureuse et intime.

– Philip, grogna Spencer, je vous rappelle que

je déteste venir de ce côté de l'Atlantique en hiver. J'ai du travail qui m'attend à Londres : d'ailleurs, une bonne partie des dossiers en souffrance vous concerne, vous et vos méthodes peu orthodoxes. Alors si vous avez des informations à me transmettre, ne vous privez pas. J'aimerais ne pas y passer la nuit, si ce n'est pas trop vous demander...

De son côté, Philip s'inquiétait des conséquences possibles de ce rendez-vous informel qu'il avait pourtant sollicité. Mais rien dans son visage ni dans ses gestes ne trahissait la moindre nervosité.

— Rappelez-moi de vous emmener voir une comédie musicale sur Broadway pendant votre séjour à New York, dit-il avec sarcasme. Avec l'âge, vous devenez atrabilaire, Spencer.

— Allez, videz votre sac...

Philip délaissa la fenêtre pour s'approcher de l'homme pour lequel il travaillait depuis à peu près cinq ans. Sa démarche révélait une constitution athlétique, indispensable il est vrai à sa profession. Il avait environ trente-cinq ans, mais déjà presque un quart de siècle d'expérience professionnelle derrière lui. Né dans un quartier pauvre de Londres, il avait connu la faim et, plus tard, les repas au caviar. Comme Philip préférait le caviar, il avait fait en sorte d'avoir les moyens de s'en offrir. Il était aujourd'hui l'un des meilleurs dans sa branche, mais il avait dû se battre pour réussir.

— J'ai une proposition à vous faire, Spencer, dit Philip en prenant un siège. Avant tout, j'aimerais vous poser une question : n'avez-vous pas eu toutes les raisons de vous féliciter de notre collaboration ces dernières années ?

Spencer fronça les sourcils.

– Vous allez me demander une augmentation?

– J'y songe, mais ce n'est pas vraiment ce qui me préoccupe en ce moment. Ma question est celle-ci : est-ce que le fait d'avoir embauché un voleur s'est révélé payant pour Interpol?

Spencer sortit de sa poche un grand carré de tissu blanc dans lequel il se moucha bruyamment.

– Globalement, oui, répondit-il avec réticence.

– Toujours aussi avare de compliments, à ce que je vois.

– Je ne suis pas venu ici pour vous présenter mes compliments mais dans le but de savoir ce qui était assez important à vos yeux pour me faire quitter Londres au beau milieu de l'hiver.

– Est-ce que vous en embaucheriez un deuxième?

– Un deuxième quoi?

– Un deuxième voleur.

– Où voulez-vous en venir?

Philip resta un moment sans répondre. Toute sa vie, il avait été habitué à prendre des décisions rapides. Son existence même en dépendait. Spécialiste du cambriolage, il avait échappé aux filets que lui avait tendus la police de Londres à Paris, du Maroc à Singapour. Un beau jour, il avait effectué un volte-face soudain en offrant ses services à Spencer et à Interpol.

Sa décision avait été motivée par des raisons pratiques : il lui avait suffit de peser le pour et le contre. Aujourd'hui, le problème était d'une autre nature.

– Supposons que je connaisse un voleur particulièrement habile, qui tient Interpol en échec depuis dix ans, mais qui a décidé de se « ranger des voitures » et qui voudrait proposer ses services à Interpol en échange d'une amnistie.

— Vous parlez de l'Ombre?

— J'ai dit supposons...

Spencer en avait soudain oublié sa douleur au pied et sa fatigue. L'Ombre était responsable de nombreux vols de bijoux dont le montant total s'élevait à plusieurs millions de dollars. Depuis dix ans, Spencer avait traqué sans succès ce mystérieux cambrioleur. Et depuis un an et demi, Interpol avait intensifié ses recherches en mettant sur sa piste un autre voleur – Philip Chamberlain, le seul dont le « palmarès » surpasse encore celui de l'Ombre.

— Vous savez qui est l'Ombre! s'exclama Spencer. Vous savez qui il est et où le trouver. Depuis dix ans que nous le cherchons... Et ça fait des mois qu'on vous paie alors que vous connaissiez déjà son identité!

— Peut-être, dit Philip. Mais peut-être que non.

— Je pourrais vous faire enfermer dans une cellule et jeter la clé dans la Tamise.

— Mais vous n'en ferez rien, parce que je suis un peu le fils que vous n'avez jamais eu.

— N'essayez pas de m'avoir : j'ai un fils!

— Il ne me ressemble pas, dit Philip en se carrant dans son fauteuil. Ce que je vous propose, c'est un contrat du type de celui que nous avons conclu tous les deux il y a cinq ans. Vous aviez réalisé alors qu'il valait mieux engager le meilleur voleur du monde plutôt que de passer son temps à le pourchasser.

— Votre mission était de coincer ce type, pas de

négocier avec lui! Je veux son nom. Ou sa description. En tout cas, je veux des faits, pas des propositions hypothétiques!

— Vous n'avez rien, Spencer, répliqua Philip. Dix ans d'enquête et pas la moindre piste. Si je sors de cette pièce, vous vous retrouvez à la case départ.

— J'aurai encore la possibilté de vous faire arrêter, dit Spencer d'une voix blanche. Et je suis sûr qu'un homme de votre condition n'appréciera guère la cuisine des prisons.

— Des menaces? demanda Philip, convaincu que son interlocuteur bluffait. Ne me forcez pas à vous rappeler que je bénéficie d'une amnistie. Cela faisait partie du contrat.

— Oui, mais c'est vous qui avez rompu le contrat en premier. Selon nos termes, vous êtes tenu de me communiquer sans délai toutes les informations dont vous disposez. Pour le reste, laissez-moi faire mon travail.

— Votre problème, Spencer, c'est que vous ne voyez pas plus loin que le bout de votre nez. Mettez l'Ombre entre les quatre murs d'une cellule et votre enquête s'arrêtera là. Vous n'aurez aucune chance de récupérer ne serait-ce qu'une fraction de ce qui a été volé en dix ans.

Pour la première fois, Philip baissa les yeux. Il savait qu'il jouait gros dans cette partie de bras de fer. Depuis qu'ils travaillaient ensemble, les deux hommes avaient appris à s'estimer, voire à s'admirer. Mais Philip devait faire attention à ne pas pousser trop loin le bouchon.

— Alors, Spencer, accepteriez-vous l'Ombre dans vos services en échange d'une petite amnistie?

– Une petite amnistie! se récria Spencer. Comme vous y allez! Ce fumier a volé plus de bijoux que vous!

Philip sursauta.

– Inutile de m'insulter, rétorqua-t-il. Personne n'a jamais égalé mes exploits...

– Et vous en êtes fier, n'est-ce pas ? En ce qui me concerne, je ne trouve pas qu'il y ait là de quoi se vanter.

– C'est ce qui fait toute la différence entre nous... Spencer, j'ai beaucoup de respect pour vous, mais sachez que je ne regrette rien.

– Peut-être, mais le fait est que vous travaillez pour moi maintenant.

– Je ne l'ai pas oublié. C'est même en ma qualité de fidèle employé que je vous conseille de recruter un individu de talent.

– Un voleur.

– Le meilleur qu'on puisse trouver. Si vous refusez, je peux vous garantir que ni vous ni personne de vos services ne mettra jamais la main sur l'Ombre.

– Pourquoi pas? Il finira bien par commettre une erreur.

– L'Ombre ne volera plus.

– Qu'en savez-vous?

– J'y veillerai. Ecoutez, Spencer : je travaille pour vous depuis cinq ans. J'ai accompli certains boulots qui n'étaient pas très « propres » et d'autres qui étaient plutôt dangereux. Je ne vous ai jamais rien demandé. Aujourd'hui, je vous demande l'amnistie pour un voleur...

– Je ne peux rien vous promettre.

– Votre parole me suffit. En échange, je vous

restituerai les Rubens. En outre, je mets sur le plateau de la balance une information confidentielle qui pourrait contribuer à calmer une situation pour le moins tendue.

Spencer haussa un sourcil intéressé.

— Au Proche-Orient?

— Peut-être, se contenta de répondre Philip.

De toute façon, il avait l'intention de livrer Abdoul et les Rubens à son patron. Mais il ne voulait pas abattre trop vite toutes ses cartes.

— Cette information pourrait figurer un atout sérieux pour l'Angleterre dans une partie des plus délicates.

Spencer réfléchit un moment. La conversation avait dévié, l'enjeu était autrement plus important qu'une poignée de diamants...

— Vous n'avez pas perdu la tête, Philip?

— Je vous assure que je sais très bien ce que je fais.

Spencer se leva pour attraper une bouteille de scotch. Il s'en servit une rasade généreuse.

— Donnez-moi ce que vous avez, Philip. Je ferai mon possible.

Chamberlain inspira profondément avant de lâcher :

— J'ai vu les Rubens dans la salle des coffres du cheik Abdoul de Jaquir.

Spencer écarquilla les yeux.

— Et que faisiez-vous dans cette salle des coffres?

— C'est une longue histoire, dit Philip en acceptant un verre de scotch. Mieux vaut commencer par le commencement, c'est-à-dire par la triste histoire d'Alice Spring...

2

Jaquir, 1968.

Couchée sur le côté, Adrianne avait les yeux fixés sur le réveille-matin, attendant que les aiguilles se rejoignent enfin sur le douze. Dans quelques minutes, ce serait son anniversaire, elle aurait cinq ans. Pour le moment le palais était plongé dans le sommeil mais dans quelques heures le soleil allait se lever, le muezzin monterait dans son minaret pour appeler les fidèles à la prière. Le plus beau jour de la vie d'Adrianne pourrait enfin commencer.

L'après-midi, le programme prévoyait de la musique, des cadeaux... et des chocolats. Les femmes porteront leurs plus belles robes, on dansera. Tout le monde sera là : la grand-mère racontera des histoires ; tante Latifa, toujours souriante, viendra avec Duja ; les couloirs du palais retentiront de rires joyeux.

Alice, la mère d'Adrianne, lui avait promis que cet anniversaire serait mémorable. Avec l'autorisation de son père, on organiserait une excursion à la plage. La petite fille devait porter une robe plus lumineuse qu'un arc-en-ciel.

Elle se tourna vers sa mère, qui dormait paisiblement à côté d'elle. Adrianne aimait ces nuits où elle avait la permission de venir dormir dans ce grand lit. Sa mère lui parlait de Paris et de New York, et toutes deux échangeaient en riant de menues confidences.

Adrianne était fascinée par la chevelure cuivrée et par le teint d'albâtre de sa mère. Toutes les femmes de Jaquir avaient les cheveux noirs. Adrianne n'échappait pas à la règle, bien qu'elle fût à moitié américaine par sa mère. Mais c'était un « détail » que son père n'aimait pas entendre rappeler.

En dépit de son jeune âge, Adrianne avait appris à éviter tous les sujets qui risquaient d'irriter son père. Ainsi, on ne parlait jamais du passé de sa mère, qui avait été autrefois une « star hollywoodienne ». Adrianne, qui ne comprenait pas bien ce que signifiait cette expression, imaginait une comète traversant un ciel parsemé d'étoiles.

Sa mère avait été une actrice de renommée internationale, elle était aujourd'hui reine de Jaquir, première femme du cheik Abdoul ibn Faisal Rahman al-Jaquir. Sa beauté dépassait de loin celle des femmes du palais. Pourtant, Adrianne sentait bien que sa mère n'était pas heureuse. Son visage était presque toujours empreint de tristesse et elle pleurait des larmes de crocodile lorsqu'elle se croyait seule dans sa chambre.

Jaquir protégeait ses femmes. Celles du harem étaient exemptes de travail. Elles recevaient tout ce dont elles pouvaient avoir besoin, de l'appartement luxueux au plus doux des parfums. Alice possédait une immense garde-robe et de splendides bijoux. Surtout, elle avait le Soleil et la

Lune, le gros diamant et la perle nacrée réunis sur un collier. Alice avait promis à sa fille qu'un jour, lorsqu'elle serait grande, cet extraordinaire bijou lui appartiendrait. Un jour, lorsque son père lui aurait choisi un mari...

Adrianne ferma les yeux. Son mari lui apporterait tout l'amour que son père lui refusait. Elle lui donnerait des fils maginifiques et les autres femmes la regarderaient avec respect. Pas avec la pitié qu'elles affichaient à l'égard de sa mère.

Un faisceau de lumière lui fit rouvrir les yeux. Quelqu'un venait de pousser la porte de la chambre. Adrianne reconnut aussitôt la silhouette de son père. Un sentiment de peur l'envahit.

Le cheik Abdoul serait furieux de la trouver ici, dans le lit de sa mère. Elle savait, – car tout se disait dans le harem – que son père visitait rarement cette chambre depuis que les médecins avaient déterminé que la première dame de Jaquir était stérile. Sans bruit, Adrianne se glissa au bas du lit et se cacha dans la pénombre.

Abdoul écarta la moustiquaire. Il n'avait pas pris la peine de fermer la porte derrière lui. Personne ne viendrait le déranger.

Eclairé par un rayon de lune, le visage d'Alice lui apparut dans toute sa beauté. Abdoul était tombé fou amoureux d'elle le jour où il l'avait vue pour la première fois sur un écran de cinéma. Elle était celle dont tous les hommes rêvent, la femme au corps voluptueux et au regard innocent. Le cheik de Jaquir avait pour habitude de s'offrir tout ce qu'il désirait. Il avait fait sa cour selon les usages occidentaux puis il avait déposé son royaume aux pieds de l'actrice.

16

Alice Spring l'avait ensorcelé. Pour elle, il avait accepté de trahir son héritage, sa tradition : il avait pris pour épouse une chrétienne, une artiste... Mais le châtiment était tombé. Alice n'avait produit qu'un seul enfant, une fille...

La fascination avait fait place au dégoût. Pourtant, le désir sensuel qu'il éprouvait pour Alice n'était pas mort. Son ventre était stérile, mais sa beauté intacte. Cette femme avait trompé ses attentes, elle l'avait humilié par sa méconnaissance des règles islamiques, mais Abdoul avait toujours envie d'elle.

Lorsqu'il possédait une autre femme, c'était toujours Alice qu'il honorait. Il sentait sa peau, il entendait ses gémissements... Cette obsession était devenue pour lui la source d'une honte secrète.

Il voulait voir souffrir son épouse, comme il avait souffert de sa déception. D'un coup, il arracha le drap.

Alice se réveilla en sursaut et découvrit Abdoul, penché au-dessus de son lit.

– Abdoul...

Elle pensa aussitôt à sa fille mais s'aperçut que le lit était vide. Adrianne avait disparu.

– Il est tard, dit Alice, sur la défensive.

Abdoul ne répondit pas. Avec des gestes lents, altiers, il entreprit de se dévêtir.

– Non, je t'en prie, murmura Alice. Pas ça...

Les larmes se mirent à ruisseler sur son visage. Mais Alice savait que ces marques de détresse ne lui seraient d'aucune utilité.

– Une femme n'a pas le droit de se refuser à son mari, déclama le souverain de Jaquir.

En la voyant ainsi apeurée, recroquevillée

contre les coussins, il se sentait conforté dans sa position de maître absolu. Alice était sa propriété, au même titre que les bagues qui ornaient ses doigts ou les chevaux dans ses écuries. Il attrapa sa femme par la chemise de nuit et l'attira vers lui.

Dans la pénombre, Adrianne tremblait comme une feuille. A côté d'elle, ses parents se battaient et s'insultaient.

Elle entrevit le corps nu et triomphant de son père, prêt à l'assaut. Très éveillée pour son âge, elle savait que l'acte sexuel devait être synonyme de plaisir. Pourquoi alors sa mère semblait-elle si effrayée? Pourquoi suppliait-elle son mari de la laisser tranquille?

Adrianne entendit le nom de « putain ». Elle ignorait le sens de ce mot mais elle n'oublierait jamais la grimace méprisante avec laquelle son père l'avait prononcé.

— Comment peux-tu m'appeler ainsi? se récria Alice, des sanglots dans la voix. Je n'ai pas connu d'autre homme que toi. C'est toi qui m'as trompé en prenant une autre femme alors que je t'avais déjà donné un enfant.

— Tu ne m'as rien donné, rétorqua-t-il en la saisissant par les cheveux. Une fille! Moins que rien. Il suffit que je pose mes yeux sur elle pour sentir toute mon infortune.

Horrifiée, Alice essaya de le frapper mais il esquiva le coup et répliqua par une gifle violente du revers de la main. Puis, fou de rage et de désir, il arracha sa chemise de nuit.

Elle avait un corps de déesse. La peur soulevait ses seins, la peau blanche montrait par endroits les empreintes de coups anciens. Un désir pervers s'était emparé d'Abdoul. Dans leur lutte, ils renversèrent une lampe qui alla se fracasser sur le sol.

Paralysée, Adrianne vit les doigts crochus de son père se refermer sur la poitrine généreuse de sa mère. Celle-ci se débattait encore, suppliant vainement son bourreau. Elle ne pouvait refuser de se plier à son devoir conjugal.

Lorsqu'Abdoul prit violemment possession d'Alice, la petite fille se glissa sous le lit en se bouchant les oreilles pour ne pas entendre les cris de sa mère. Mais les râles de son père et les plaintes déchirantes de sa victime lui parvenaient encore.

Adrianne n'aurait plus jamais besoin de se faire expliquer toute l'horreur contenue dans le mot « viol ».

— Tu es bien silencieuse, ma chérie, dit Alice à sa fille en peignant ses longs cheveux noirs. Tu n'aimes donc pas tes cadeaux?

— Je les aime beaucoup, répondit l'enfant.

Dans le miroir, elle voyait le visage de sa mère. Un maquillage habile avait pratiquement effacé les traces de coups.

— Tu es très belle, ma petite princesse, dit Alice en l'étreignant. Tu es ce que j'aime le plus au monde.

— Tu ne me quitteras jamais?

— Non, bien sûr. Pourquoi cette question?

Elle écarta Adrianne à bout de bras et vit que ses yeux étaient emplis de larmes.

— Ma chérie, qu'est-ce que tu as? Pourquoi cette tristesse?

– J'ai rêvé qu'il t'avait répudiée. Que tu étais partie pour toujours.

Alice caressa la joue de sa fille.

– Ce n'était qu'un mauvais rêve. Je ne te quitterai jamais.

L'enfant se jeta au cou de sa mère, inspirant le parfum fleurie de sa peau laiteuse.

– Si j'étais un garçon, dit-elle, il nous aimerait toutes les deux.

Alice était une actrice dans l'âme. Son ton enjoué parvint à dissimuler sa colère et son désespoir.

– Quelle drôle d'idée! Et le jour de ton anniversaire, qui plus est... Quel intérêt y a-t-il à être un petit garçon? Porterais-tu une robe aussi ravissante que celle-ci?

Adrianne gloussa.

– Farid aurait l'air d'une poupée avec une robe.

Farid était la fierté d'Abdoul, ce fils tant attendu que lui avait donné sa seconde femme.

– J'ai gardé un cadeau pour toi, dit Alice. Mais ce sera un secret entre nous.

– Un secret? répéta avec enthousiasme la petite fille en joignant ses deux mains.

– Oui, ferme les yeux.

Adrianne obéit, frétillante d'impatience. Alice avait caché la boule de verre dans les plis de son vêtement. Elle avait eu du mal à se la procurer mais, depuis le temps, elle avait appris à faire preuve d'imagination. Ainsi, elle devait recourir à des trésors d'ingéniosité pour se fournir en pilules roses qui engourdissaient la douleur et soulageaient sa peine. Si on venait à découvrir ces pilules, Alice était passible de la peiné de mort. Sans elles, la vie lui paraissait impossible. Elle était prise dans un cercle vicieux dont une seule chose pouvait la faire sortir : son amour pour Adrianne.

— Tu peux ouvrir les yeux, à présent.

Comparé au collier de saphir que portait Adrianne, cette petite boule transparente était un gadget sans valeur. Mais Alice vit dans les yeux de sa fille que ce cadeau modeste contenait une parcelle de magie.

— Tu vois, quand tu retournes la boule, les flocons de neige tourbillonnent sur la ville. Aux Etats-Unis, il neige en hiver. Enfin, presque partout aux Etats-Unis. A Noël, les gens décorent les sapins avec des guirlandes. Je faisais de la luge chez ton grand-père. Un jour, Adrianne, je t'emmènerai là-bas...

— Je veux le montrer à Duja...

— Non, surtout pas.

Alice songea à la réaction d'Abdoul s'il découvrait cet objet évoquant les fêtes chrétiennes. Depuis la naissance d'Adrianne, il était devenu très pointilleux sur tout ce qui touchait la religion.

— C'est notre secret, d'accord ? Quand nous serons seules, tu pourras jouer avec, mais jamais en présence de quelqu'un.

Elle prit la boule de verre et la cacha dans un tiroir. Puis toutes deux allèrent rejoindre les femmes et les enfants invités pour l'anniversaire d'Adrianne.

Celle-ci accueillit tout le monde de sa voix chantante, en arabe. Adrianne pensait en arabe, et elle devait traduire ses émotions en anglais pour les communiquer à sa mère. Car elle était somme toute heureuse dans cet univers rempli de voix féminines, de parfums et de musique. Le monde que lui décrivait sa mère n'était finalement qu'un conte de fées. Comme cette neige qui dansait dans une boule de cristal...

— Duja! appela Adrianne en courant embrasser sa cousine, la fille du frère cadet d'Abdoul.

Duja avait dix ans. Aux yeux d'Adrianne, c'était déjà une vraie petite femme, avec de grands yeux de biche et des pommettes saillantes.

— Comme ta robe est belle!

— C'est du velours, expliqua avec fierté Duja. Mon père me l'a rapportée de Paris. La prochaine fois, il a promis de m'y emmener.

— Vraiment? fit Adrianne avec une pointe de jalousie.

Parce qu'elle avait le cœur tendre, et qu'elle était contente de sa robe, Duja se montra caressante :

— Toi aussi, tu iras un jour, dit-elle à sa jeune cousine. Quand nous serons plus grandes, nous irons peut-être ensemble.

Un garçon de deux ans environ, un bébé encore, tira Adrianne par le bas de sa robe. Adrianne embrassa son demi-frère, Farid.

— Tu es le plus beau bébé du monde, lui dit-elle.

Le prenant par la main, elle l'entraîna vers le buffet pour lui servir un part de son gâteau d'anniversaire.

Alice éprouvait des pincements au cœur en voyant sa fille servir l'enfant d'une femme qui avait pris sa place dans le lit et le cœur de son mari. Les lois du royaume voulaient qu'un homme puisse prendre quatre épouses. Alice n'avait jamais pu s'y faire. Elle habitait ici depuis six ans, mais n'avait jamais eu le sentiment d'appartenir à ce monde. Elle détestait cette chaleur oppressante, ces odeurs capiteuses, ce palais qui ressemblait trop à une cage dorée.

Comment avait-elle pu se laisser séduire par ce cadre lors de son premier voyage? Le désert lui avait alors semblé mystérieux, le palais merveilleusement exotique.

A l'époque, elle était amoureuse. Et aujourd'hui encore, elle devait admettre qu'elle aimait Abdoul...

Autrefois, il avait su lui faire découvrir la richesse de sa culture et la splendeur des paysages. De son côté, elle s'était efforcée de renoncer à ses habitudes pour le satisfaire.

Abdoul avait voulu un garçon. Elle lui avait donné une fille. Oublier, Alice voulait oublier tout cela, s'échapper, ne serait-ce que pour quelques heures. Une pilule l'y aiderait, juste une, pour tenir jusqu'à la fin de cette journée...

3

DÈS l'âge de treize ans, Philip Chamberlain était un voleur de métier. Il avait commencé par subtiliser les portefeuilles des touristes insouciants et des hommes d'affaires distraits sur la place de Trafalgar Square. Nul ne se serait méfié de ce jeune garçon bien mis, au visage angélique.

Philip avait l'œil toujours aux aguets et des mains de prestidigitateur. Intelligent, il avait pris soin de ne pas s'acoquiner avec les gamins des gangs londoniens. Philip se considérait comme un professionnel, et non pas comme un de ces délinquants juvéniles pour lesquels il n'avait que mépris.

Il formait de grands projets pour l'avenir.

Au centre de ces projets se trouvait sa mère, Mary Chamberlain, qui l'avait élevé seule. Philip voulait lui acheter une belle maison à la campagne, une voiture de luxe et une garde-robe digne de ce nom. Il voulait remplacer ses bijoux en verroterie par de vraies pierres précieuses, lui offrir en somme tout ce que la vie avait de meilleur.

Philip était né pauvre et sans père. A quatorze ans, il était suffisamment mûr pour considérer ces « handicaps » comme des « plus » qui lui avaient permis de s'endurcir. Il avait horreur de la pauvreté mais il détestait encore plus l'individu qui avait abandonné sa mère après l'avoir mise enceinte. Mary Chamberlain méritait mieux que cela. Très vite, pour améliorer le quotidien de sa mère, le jeune Philip avait mis à profit l'agilité de ses doigts.

La neige tombait sur Londres. Tête baissée, Philip marchait à pas rapides en direction du Faraday, le cinéma où sa mère travaillait comme caissière. Il était habillé de façon élégante, mais sans aucune ostentation, afin de ne jamais retenir l'attention d'un agent de police.

Dans la poche de sa veste, il avait un bracelet de perles et de diamants. En les examinant à la loupe tout à l'heure, il avait été un peu déçu par sa prise : les diamants n'étaient pas d'une parfaite pureté, et le plus gros ne devait pas dépasser le demi-carat. Mais les perles avaient une jolie teinte. Philip en tirerait probablement de quoi acheter un manteau à col de fourrure pour sa mère et il mettrait le reste sur son fond de réserve.

Une longue queue s'étirait devant le cinéma. Philip entra directement par la double porte et se glissa dans la cabine où officiait sa mère. Il y faisait à peine plus chaud qu'à l'extérieur.

— Bonsoir, maman.

— Philip! Tu es là!

Le visage de Mary Chamberlain s'éclaira à la vue de son fils adoré.

— Tes mains sont glacées, maman. Tu devrais porter des gants.

— Tu as déjà essayé de rendre la monnaie avec des moufles?

Mary Chamberlain continua à distribuer les tickets. Philip avait toujours pensé qu'elle travaillait trop, et pour un salaire dérisoire. La trentaine, Mary passait encore pour jolie, malgré la modestie de sa tenue.

Philip avait longtemps espéré que sa mère rencontrerait un homme bien, qui pourrait la mettre à l'abri du besoin. Mais il avait compris qu'on ne se nourrissait pas d'espoir et qu'il devait prendre les devants.

— Il faut que tu insistes auprès de Faraday pour qu'il installe le chauffage dans cette cabine, maman.

— Je le ferai bientôt, Philip. Tu veux aller voir le film? M. Faraday n'y verrait rien à redire, tu sais...

— Du moment qu'il ne me voit pas, maugréa Philip. Non, je suis juste passé te dire que j'allais faire quelques courses. Tu as besoin de quelque chose au marché?

— Un poulet, ce serait bien pour ce soir.

Mary souffla sur le bout de ses doigts pour les réchauffer. Dire que l'été, cette cabine se transformait en bain turc...

— Tu as besoin d'argent? demanda Mary en se penchant pour attraper son porte-monnaie.

— Non, il m'en reste.

— Très bien. Assure-toi que le poulet est bien frais...

Elle donna quatre tickets à une grosse dame flanquée de trois gamins aux joues rougies par le froid.

26

– Tenez, madame, le film commence dans cinq minutes... Philip, est-ce que tu ne devrais pas être à l'école?

– Tu oublies qu'on est samedi, maman.

– Oh, oui, c'est samedi. Tu sais, M. Faraday a programmé un festival Cary Grant pour la semaine prochaine. Il m'a même demandé de l'aider à choisir les films.

– Ah oui? dit Philip, qui jouait secrètement avec les perles du bracelet volé.

– On va ouvrir le festival par un de mes films préférés : *La Main au collet*. Je suis sûre que ça te plairait.

– Peut-être. Tu veux que je t'y emmène ton soir de sortie?

– Oui, bonne idée. La vedette féminine est Grace Kelly. Tu imagines, une vraie princesse! J'y pensais encore ce matin un lisant un article sur Alice Spring...

– Alice qui?

– Philip! Alice Spring, la plus belle femme du monde...

– La plus belle femme du monde, c'est ma mère, répliqua Philip, sachant que cela la ferait rire et rougir un peu.

– Non, vraiment, regarde cette photo, dit Mary en ouvrant un magazine. Elle était actrice, une actrice merveilleuse, puis elle a épousé un souverain arabe. Maintenant, elle vit avec l'homme de ses rêves dans le fabuleux palais de Jaquir. C'est mieux qu'au cinéma... Tiens, voilà leur fille, la princesse. Elle a à peine cinq ans mais elle est adorable, non?

L'adolescent jeta un œil distrait sur la photographie.

— Ce n'est qu'une gamine.

— Il y a quelque chose qui me chiffonne, pourtant. Je ne sais pas, je trouve que cette enfant a le regard triste...

— Maman, tu vas encore t'inventer tout un roman. Bon, il faut que j'y aille.

Il laissa sa mère à ses rêves hollywoodiens. Un jour, il lui offrirait une vie royale, à elle aussi...

— Fais attention à toi, mon chéri.

Philip repartit sous la neige. Dans sa petite cabine, Mary contemplait encore l'image de cette princesse de cinq ans, au visage si mélancolique.

4

ADRIANNE adorait se promener dans le souk. Dès l'âge de huit ans, elle y avait appris à faire la différence entre un vrai diamant et une vulgaire imitation, entre les rubis de Birmanie et ceux de moindre qualité. Avec sa grand-mère Jiddah, elle pouvait passer des heures à déambuler dans l'immense marché, examinant les différences de teinte, de clarté ou de coupe des pierres présentées.

Rien ne faisait plus plaisir à Adrianne que d'entendre sa grand-mère marchander le prix des bijoux et des pierreries. Tout autour d'elles, dans la chaleur chargée de senteurs épicées, les ruelles résonnaient de bruits divers : le cri des vendeurs, les braiments d'un âne, le claquement des sandales sur la terre battue...

Quand le muezzin appelait à la prière, le souk fermait. Les femmes attendaient, tête basse, tandis que les hommes se prosternaient à terre. Adrianne ne portait pas encore de voile, mais elle n'était plus une enfant. Première fille du roi, elle avait droit à tous les égards dus à son rang, mais souffrait secrètement de voir que son père ne lui avait jamais ouvert son cœur.

La seconde épouse d'Abdoul lui avait donné deux

filles après Farid. On racontait que ces déconvenues avaient jeté le cheik dans une rage folle et qu'il avait failli répudier Leiha. Mais le jeune prince héritier était beau et en pleine santé. En outre, on murmurait que Leiha était de nouveau enceinte. Pour assurer définitivement sa descendance, Abdoul n'en avait pas moins pris une troisième femme, dans le ventre de laquelle il avait aussitôt déposé sa semence...

Quant à Alice, elle préférait s'échapper dans les paradis artificiels grâce à la pilule rose qu'elle avalait désormais tous les matins.

Dans le harem, assise entre les jambes de sa mère, Adrianne regardait ses cousines danser sur le rythme monotone des tambourins. Leurs corps ondulaient comme les volutes de fumée qui s'échappaient des encensoirs. Tout autour, les femmes babillaient inlassablement, avec leur franc parler habituel.

Alice jeta un coup d'œil en direction de Meri, la troisième épouse d'Abdoul, qui caressait fièrement la rondeur déjà apparente de son ventre. Un peu plus loin, Leiha consacrait toutes son attention à son fils Farid.

— En Amérique, les enfants sont aimés de la même façon, filles ou garçons, chuchota Alice d'une voix lointaine. Les femmes ne passent pas leur vie à donner naissance à toute une progéniture...

— Mais comment une tribu se maintient-elle? demanda innocemment Adrianne.

Alice répondit par un soupir. Il y avait des jours où elle était incapable de penser clairement. C'était la faute des pilules, ou leur miracle... La dernière livraison lui avait coûté une bague sertie d'une

30

émeraude, mais elle avait obtenu un petit bonus sous la forme d'une bouteille de vodka. Elle en prenait un verre en cachette après chaque « visite » d'Abdoul dans sa chambre. Renonçant à repousser ses assauts, elle les subissait en songeant au verre d'alcool qu'elle s'octroyait dès qu'Abdoul avait satisfait son appétit.

Si elle en avait eu le courage, Alice aurait pu s'enfuir... Prendre Adrianne et retourner dans le monde, le vrai, celui qui n'obligeait pas les femmes à se voiler le corps et à se soumettre aux caprices de leurs maris. Alice pourrait regagner les Etats-Unis, où elle avait été adulée, où les gens se pressaient dans les cinémas pour l'admirer.

Mais non, partir était impossible. Alice ferma les yeux, s'efforçant de ne plus entendre les battements de tambours. Pour quitter Jaquir, une femme avait besoin d'une permission écrite d'un homme de sa famille. Et Abdoul ne lui donnerait jamais une telle permission.

Alice l'avait déjà supplié de la laisser partir, mais en vain. Elle aurait pu soudoyer les gardes, mais cela signifiait abandonner sa fille : aucun pot-de-vin n'aurait pu convaincre un garde du palais de couvrir la fuite de la propre fille du cheik.

Plus d'une fois, Alice avait pensé au suicide. L'ultime évasion. Parfois, quand les journées brûlantes semblaient interminables, il lui arrivait de contempler son flacon de pilules, de les verser dans le creux de sa main en se demandant ce qui se passerait si elle les absorbait toutes d'un coup.

Mais il y avait Adrianne. Toujours Adrianne.

Non, décidément, Alice était condamnée à rester prisonnière de Jaquir. Elle se droguerait jusqu'à ce que la réalité lui paraisse supportable.

– J'ai besoin d'un peu de soleil, soupira-t-elle. Allons nous promener dans les jardins.

Adrianne suivit sa mère. Les jardins étaient un véritable enchantement pour les sens : les fleurs de jasmin, les hibiscus et les orangers embaumaient l'air, tandis que le chant des oiseaux se mêlait au doux murmure d'une fontaine. Cette fontaine avait été le cadeau d'Abdoul à Alice lors de son arrivée : ce devait être le symbole de la constance infaillible de son amour...

La mère et la fille s'assirent sur la margelle.

– Je n'aime pas Meri, dit Adrianne en faisant une grimace dégoûtée. Elle n'arrête pas de bomber le ventre en souriant bêtement.

Alice sourit.

– Mon ange, que ferais-je sans toi ? Sais-tu que tu as des dons d'actrice ? Tu aurais beaucoup de succès à Hollywood. Les gens feraient la queue pour te voir au cinéma...

Des images de sa gloire passée défilèrent devant les yeux d'Alice. Il fut une époque où elle faisait la couverture de tous les magazines. Les femmes se teignaient les cheveux en roux pour lui ressembler. On la comparait à Marilyn Monroe, à Ava Gardner ou à Sophia Loren.

– J'ai failli remporter un oscar, rêva-t-elle à voix haute. La suprême récompense pour une actrice. C'est une autre qui l'a gagné, mais il y a eu une réception formidable. Comme j'étais loin alors de ce Nebraska où j'avais passé mon enfance...

– C'est là qu'il y avait de la neige ?

– Oui. J'habitais avec mes grands-parents depuis la mort de mes parents dans un accident de voiture. J'étais très heureuse, même si je n'en avais pas conscience. Je voulais déjà être actrice, porter de belles robes, être aimée... J'ai l'impression qu'il y a des siècles de cela. Je suis allée en Californie. J'avais une maison au bord de l'océan. Je travaillais dur, mais tout était si nouveau et si excitant pour moi...

— Tu ne te sentais pas seule?

— Non, j'avais des amis, des gens à qui parler. Je voyageais beaucoup : Paris, New York, Londres... C'est là que j'ai rencontré ton père.

— C'est où Londres?

— En Angleterre. Tu oublies tes leçons.

— Je n'aime pas mes leçons. L'Angleterre, c'est ce pays qui est gouverné par une femme?

Alice hocha la tête.

— Londres est une très belle ville. Nous étions partis y tourner un film. Les gens se massaient aux abords des lieux de tournage dans l'espoir de m'apercevoir. Je signais des autographes. Et puis j'ai rencontré ton père. Il était très beau, très élégant.

Alice rejeta la tête en arrière, les yeux mi-clos.

— J'étais horriblement nerveuse parce que je savais que c'était un roi. Il y avait tout un protocole à respecter. Et puis tous ces photographes à nos trousses... Abdoul m'a emmenée au restaurant, puis nous sommes allés danser.

— Tu veux dire que tu as dansé pour lui?

— Non, avec lui. En Europe, comme aux Etats-Unis, les hommes et les femmes dansent ensemble.

— Ce n'est pas interdit?

— Non, une femme a le droit de parler à un homme, de sortir au cinéma ou au restaurant avec lui. Il vient la chercher chez elle, en général avec un bouquet de fleurs. Puis ils vont dîner, ou bien voir une pièce de théâtre. Ou encore danser dans un club.

— Tu as dansé avec mon père avant votre mariage ?

— Oui, nous sommes tombés amoureux l'un de l'autre, puis nous nous sommes mariés. Tu sais, Adrianne, le reste du monde ne ressemble guère à Jaquir...

— Tu voudrais partir... murmura Adrianne, soudain attristée.

— Tout cela est trop loin aujourd'hui. Le jour de mon mariage, j'ai tout laissé derrière moi. C'était le plus beau jour de ma vie. Abdoul m'aimait. Il m'a donné le Soleil et la Lune. Je me sentais comme une reine. Tous mes rêves d'adolescente naïve se réalisaient. Quand Abdoul a attaché ces joyaux à mon cou, c'était comme s'il m'offrait une partie de lui-même et de son royaume.

— C'est le plus grand trésor de Jaquir. C'était la preuve qu'il t'aimait plus que tout au monde.

— Oui, mais il faut le dire au passé...

— Tu es toujours sa femme.

— Une de ses trois épouses, corrigea Alice.

— Non, il a pris les autres seulement parce qu'il a besoin de fils. Le cheik de Jaquir doit avoir des héritiers mâles.

Alice prit le visage de sa fille entre ses mains.

— Je sais qu'il t'ignore, dit-elle, et que tu en souffres. Essaie de comprendre que ce n'est pas à toi qu'il en veut, mais à moi.

— Il me déteste.

— Non, mentit Alice. Il ne te hait pas. Mais tu es ma fille et tu subis les conséquences de son aversion pour moi.

34

– Je le déteste, moi aussi.

Alice jeta un coup d'œil rapide autour d'elle. Dans le palais de Jaquir, les murs avaient des oreilles.

– Ne dis pas une chose pareille. Ne le pense même pas. Tu ne peux pas comprendre ce qu'il y a entre Abdoul et moi.

– Il te bat. Je le hais pour sa cruauté. Quand il me regarde, il ne me voit pas. Pour cela aussi, je le hais.

– Chut... dit Alice en étouffant sa fille contre son sein.

Adrianne se tut. Elle n'avait pas voulu irriter sa mère. Les mots étaient sortis de sa bouche sans qu'elle eût jamais conscience de les avoir portés dans son cœur. Cette haine à l'égard de son père était plus ancienne que le viol auquel la petite fille avait assisté. Mais depuis, elle n'avait fait que croître, se nourrissant de la négligence paternelle et des brimades plus ou moins subtiles qui la séparaient des autres enfants.

Durant les semaines qui suivirent cet entretien, Adrianne passa plus de temps que de coutume auprès de sa mère, à marcher dans le jardin en écoutant ces étranges récits venus d'un autre monde.

Lorsque Meri donna naissance à une fille et se trouva aussitôt répudiée, Adrianne ne put réprimer un mouvement de joie.

– Je suis contente qu'elle soit partie, confia-t-elle à sa cousine Duja tandis que les deux jeunes filles jouaient aux échecs.

– Où va-t-elle aller?

– On va lui donner une petite maison en ville.

– Au moins, on ne l'entendra plus se vanter sur le

nombre de fois et la manière avec laquelle le cheik venait planter sa semence dans son ventre...

Adrianne sourit. Sa mère était à quelque distance, mais comme elles parlaient en arabe, elle ne pouvait les comprendre.

— Est-ce que tu as envie d'un homme? demanda Adrianne à sa cousine.

— Bien sûr, répondit celle-ci en lissant ses longs cheveux noirs. Quand je serai mariée, mon mari viendra me rendre visite dans ma chambre tous les soirs. Je lui donnerai tant de plaisir qu'il n'aura pas besoin de prendre une autre épouse. Ma peau sera toujours douce, mes seins toujours fermes. Et mes jambes ouvertes...

Les deux filles éclatèrent de rire.

— Moi, les hommes me font peur. En tout cas, je n'ai pas de désir pour eux.

— Ne dis pas de bêtises. Toutes les femmes en ont envie. Si la loi nous sépare des hommes, c'est parce que nous sommes trop faibles pour leur résister. Le désir cesse seulement lorsque nous sommes vieilles comme grand-mère.

— Alors je dois être aussi vieille que grand-mère.

Adrianne abandonna la partie pour courir au devant de Jiddah. La vieille femme avait été reine de Jaquir. Elle était veuve aujourd'hui, elle perdait ses dents, mais son œil noir était encore vif et perçant.

— Est-ce que tu vas aller voir le nouveau bébé, grand-mère?

— Bien sûr, j'aime tous mes petits-enfants. Mais pourquoi mon Adrianne a-t-elle l'air si triste?

— Tu crois que le cheik va divorcer de ma mère?

Depuis quelque temps, Jiddah s'était aperçue

avec inquiétude que la petite fille ne disait plus
« mon père ».

— Je n'en sais rien. Il ne l'a pas fait en neuf ans.
Pourquoi aujourd'hui ?

— S'il la répudiait, nous quitterions Jaquir. Et tu
me manquerais beaucoup.

— Tu me manquerais aussi, ma petite gazelle.
Mais ne te tracasse pas trop. Tu grandis vite. Un jour
prochain, j'assisterai à ton mariage. Puis j'aurai des
arrière-petits-enfants.

— Et tu leur raconteras des histoires, comme à
moi ?

— Bien sûr, dit Jiddah en déposant un baiser sur
le front d'Adrianne. Et je les aimerai autant que toi.

Farid s'approcha et tira Adrianne par la manche.

— Viens, dit-il en arabe.

— Où ça ?

— Je veux voir la toupie ! La toupie !

— Bon, alors suis-moi !

Les deux enfants partirent en courant dans les
couloirs du palais, qui résonnèrent bientôt de leurs
rires et du bruit de leurs pas. La chambre
d'Adrianne était plus petite que celle des autres
enfants : c'était là une des brimades subtiles que lui
réservait son père. Pourtant, les murs peints en rose
et blanc, selon les désirs d'Adrianne, donnaient une
belle clarté à la pièce. Sur des étagères s'empilaient
tous ses jouets, offerts pour un bon nombre par une
certaine Céleste, une amie de sa mère qui habitait
en Amérique.

La toupie était due par exemple à cette généreuse
donatrice. C'était un jouet tout simple, mais qui fas-
cinait tous les enfants. En tournant à toute vitesse,
elle émettait un léger sifflement tandis que ses cou-

leurs se confondaient. Adrianne était obligée de la cacher pour la mettre à l'abri de la convoitise de Farid.

– Je veux la toupie!

– Je sais, la dernière fois, tu as failli te casser le cou en escaladant mes étagères alors qu'elle n'y était pas. Maintenant, ferme les yeux.

Il fit non de la tête.

– Ferme les yeux, ou dis adieu à la toupie.

L'enfant s'exécuta.

– Si tu es sage, je te la laisserai pour toute la journée.

Adrianne se glissa sous son lit. Elle allait se saisir de la toupie lorsque Farid se faufila à ses côtés.

– Farid! Tu n'as pas le droit!

Mais le petit garçon avait déjà repéré une étrange boule de verre dont il s'empara.

– C'est joli! dit-il en regardant la neige tomber. Je le prends!

– Ce n'est pas à toi, Farid. C'est mon secret. C'est mon trésor magique.

– Je vais le montrer à ma mère.

– Non, Farid!

Adrianne essaya de retenir l'enfant mais celui-ci, plus agile qu'une anguille, lui échappa et sortit de la chambre en courant. Adrianne se lança à sa poursuite.

Brandissant la boule de verre, Farid s'engagea dans le couloir qui menait du quartier des femmes aux appartements du cheik. Parce qu'elle était une fille, Adrianne n'avait pas le droit d'emprunter ce corridor. Elle s'y engagea pourtant dans l'espoir de rattraper Farid.

Mais soudain, elle n'entendit plus les cris de son demi-frère. Quelques pas encore et elle le trouva prostré aux pieds d'Abdoul, la lèvre tremblante.

Jambes écartées, poings sur les hanches, Abdoul dégageait une impression de puissance formidable. Sa longue tunique blanche venait couvrir ses pieds. En dépit de la pénombre qui régnait dans cette partie du couloir, Adrianne vit la colère briller dans le regard du cheik.

— Où est ta mère? demandait-il à Farid.

— Je vous en prie, père, intervint Adrianne en s'avançant tête basse, en signe de soumission. C'est moi qui suis chargée de surveiller mon frère.

Abdoul contempla l'intruse avec mépris. On eut dit qu'il s'apprêtait à la gifler.

— Alors tu ne fais pas bien ton travail.

Elle ne répondit pas.

— Quant à toi, Farid, apprends que les larmes siéent rarement aux hommes, et jamais aux rois.

Il se baissa pour remettre le prince sur ses pieds. C'est alors qu'il vit la boule de verre.

— Où as-tu trouvé ceci?

— C'est à moi, répondit bravement Adrianne. Je le lui ai donné.

Elle s'attendait à recevoir un coup qui ne vint pas. Mais l'indifférence glaciale pouvait être le pire des châtiments.

— Tu voulais corrompre mon fils? Lui donner des symboles chrétiens sous forme de jouet?

Il fracassa la boule de verre contre le mur.

— Retourne dans le quartier des femmes! Là est ta place. A partir de ce jour, je t'interdis d'approcher mon fils.

Il prit l'enfant dans ses bras et s'éloigna. Farid, les yeux humides, tendit désespérément les bras vers Adrianne, en articulant silencieusement son nom.

5

LES mois qui suivirent cette brève altercation, Alice s'inquiéta beaucoup pour sa fille. Depuis des années, l'ancienne actrice avait trouvé un maigre réconfort à l'idée qu'Adrianne au moins se plaisait à Jaquir et qu'elle en avait adopté le mode de vie, n'en connaissant pas d'autres. L'enfant avait un titre, un héritage, une famille. Bref, une forme de sécurité.

La première épouse du cheik n'ignorait pas non plus que les Occidentaux arrivaient de plus en plus nombreux dans la région, attirés par le pétrole, cet or noir. Abdoul avait besoin de leur technologie moderne et de leur argent; même s'il méprisait leur culture. Cette ouverture forcée aurait tôt ou tard des répercussions sur Jaquir. Le progrès gagnerait peu à peu tous les secteurs, la libération suivrait peut-être. C'était en tous cas un espoir auquel s'accrochait Alice. Non pas pour elle, mais pour sa fille. Ces derniers temps, cependant, elle commençait à songer que cette libération pourrait arriver trop tard...

Adrianne était devenue très silencieuse. Obéissante, mais d'une tristesse maladive. Elle jouait encore avec ses cousines et écoutait les histoires de sa grand-mère, mais elle n'avait plus rien d'une enfant. Alice se reprit à rêver d'un retour aux Etats-Unis. Elle voulait montrer à sa fille qu'il existait un monde différent au-delà des frontières de Jaquir.

Mais cela restait un rêve impossible. La seule évasion à sa portée était celle que lui offrait les tranquillisants et l'alcool. Ces drogues lui faisaient perdre toute notion du temps et l'aidaient à oublier que son existence n'avait guère plus de réalité que celle des personnages qu'elle incarnait autrefois à l'écran.

Abdoul et Alice n'avaient aucune vie commune, aucune conversation privée. Ils apparaissaient encore ensemble à certaines occasions officielles, pour offrir aux journalistes l'image d'un couple parfait. Abdoul détestait les photographes mais il était assez intelligent et moderne pour être conscient des retombées possibles d'une bonne campagne de presse.

Le cheik de Jaquir avait reçu une éducation occidentale. Il pouvait dîner avec des présidents ou des premiers ministres et leur laisser l'impression d'un monarque éclairé. Longtemps, il avait cru possible une convergence des deux cultures. Mais aujourd'hui, il ne voyait dans l'Occident qu'une menace pour son royaume. Alice avait sans doute contribué malgré elle à cristalliser les ressentiments d'Abdoul à l'égard d'un Occident qu'il jugeait corrompu.

Ce jour-là, il avait convoqué Alice dans ses appartements. Elle se tenait devant son immense bureau, vêtue d'une simple robe noire. Son teint blanc n'avait plus l'éclat d'autrefois. Quant à ses yeux, ils semblaient ternes. Abdoul n'ignorait pas que sa femme se droguait, mais il avait choisi de ne rien dire.

Ses doigts tambourinaient sur le bureau d'ébène comme pour mieux irriter les nerfs fatigués d'Alice.

— Vous êtes invitée à un gala de charité qui se tiendra à Paris, annonça enfin le souverain.

— A Paris? répéta la recluse avec incrédulité.

— Il semblerait qu'il y ait un regain d'intérêt pour vos films. J'imagine que cela amuse encore les gens de voir la femme d'un roi s'exposer ainsi...

Alice redressa le menton. Abdoul la regardait en souriant, espérant sans doute une vive protestation de sa part. Elle jugea plus prudent de répondre d'une voix calme :

— Il fut un temps où le cheik de Jaquir trouvait aussi quelque plaisir à poser les yeux sur Alice Spring.

Le sourire du roi s'évanouit.

— Les organisateurs de ce gala souhaitent votre présence, reprit-il.

Alice faisait tout pour cacher son trouble.

— M'autoriserez-vous à me rendre à Paris?

— Il se trouve que je dois m'y rendre pour affaires. Il conviendrait que ma femme m'accompagne pour illustrer les liens étroits que le royaume de Jaquir a toujours entretenu avec l'Occident. Vous savez ce que j'attends de vous.

— Oui, bien sûr, répondit-elle, incapable de réprimer un léger sourire.

— J'ai commandé une robe pour ce gala. Vous porterez le Soleil et la Lune. Vous agirez en toutes

42

circonstances comme il convient à la première épouse du cheik de Jaquir. Si vous me faites honte, vous serez aussitôt renvoyée à Jaquir sous prétexte « d'une légère indisposition ». C'est compris?

— Parfaitement, dit Alice.

La seule idée d'aller à Paris lui donnait de nouvelles forces.

— Et Adrianne? s'enquit-elle.

— J'ai pris mes dispositions à son sujet.

— Quelles dispositions? demanda Alice, la gorge nouée.

— Elles ne vous concernent en aucune manière.

— Je vous en prie... Je veux seulement avoir le temps de la préparer à ce voyage, afin qu'elle fasse honneur au royaume de Jaquir. Je suis une femme, et elle est ma seule enfant.

Abdoul s'adossa à son fauteuil, sans songer à offrir un siège à sa femme.

— Adrianne ira en pension en Allemagne. C'est la meilleure solution pour une jeune fille de son rang avant le mariage.

— Non! Par pitié, Abdoul, ne l'envoyez pas si loin de moi.

Oubliant son orgueil, ou sa prudence, elle se jeta aux pieds de son mari.

— Vous ne pouvez pas me l'enlever. Elle est tout ce que j'ai. Vous ne vous êtes jamais soucié d'elle. Quelle importance à vos yeux si elle reste à mes côtés?

— Elle est membre de la famille de Jaquir, répliqua Abdoul. Elle doit être convenablement éduquée avant d'être fiancée à Karim al-Misha.

— Fiancée? Mais Adrianne est si jeune encore.

– Elle sera mariée le jour de son quinzième anniversaire. Tous les arrangements sont pris. En devenant l'épouse d'un allié, elle pourra enfin m'être utile. Estime-toi heureuse que je ne la donne pas à un de mes ennemis!

Alice aurait voulu planter ses ongles dans le visage d'Abdoul. Mais elle savait que la colère ne résoudrait rien. La seule arme dont elle disposait, c'était la ruse.

– Pardonnez-moi, dit-elle en baissant les yeux. Je suis faible et égoïste. Je ne pensais qu'à la séparation d'avec mon enfant et j'oubliais votre générosité. Adrianne apprendra à être une bonne épouse en Allemagne. J'espère que vous serez fière d'elle.

Abdoul fit signe à sa femme de se relever.

– Je ne fais que remplir mon devoir envers ma fille.

– Peut-être l'autoriserez-vous à nous accompagner à Paris, poursuivit Alice, le cœur battant. Les hommes préfèrent souvent les femmes qui connaissent le monde et savent s'y tenir. Etant donné son rang, Adrianne devra plus tard assister à de nombreuses cérémonies officielles. L'expérience et l'éducation que vous avez vous-même reçues en Occident vous ont sans doute aidé à mieux comprendre le monde moderne et la place qui occupe Jaquir.

Ce dernier argument fit mouche. Abdoul était en effet intimement persuadé que ses séjours à Paris, Londres ou New York avaient contribué à faire de lui un souverain capable aussi bien qu'un digne fils d'Allah.

– Je vais examiner la question.

– Merci.

44

Le cœur d'Alice battait encore lorsqu'elle eut regagné sa chambre. Elle s'allongea sur son lit pour mieux réfléchir. Pendant des années, elle avait accepté de vivre dans un quasi-esclavage. Il n'en serait pas ainsi pour Adrianne. D'une manière ou d'une autre, Alice ferait en sorte que sa fille s'envole de cette cage dorée.

Paris serait la première étape de leur évasion. Elles s'y rendraient ensemble, pour ne plus jamais remettre les pieds à Jaquir...

— A Paris, je vais acheter des malles entières de vêtements, dit Adrianne à sa cousine Duja, laquelle cachait mal sa jalousie. Mon père m'a promis que je pourrais choisir tout ce qui me plaît. Je te rapporterai un cadeau, Duja.

— Un seul?

— Mais un très beau. Nous monterons au sommet de la tour Eiffel et nous visiterons un endroit plein de tableaux dont j'ai oublié le nom.

— Leiha est furieuse, confia Duja. Elle voulait être du voyage, mais le cheik n'emmène que ta mère et toi. Leiha se console en pensant qu'elle est à nouveau enceinte...

— J'essaierai de rapporter quelque chose pour Farid et mes sœurs.

— Tu vas me manquer, dit Duja en l'embrassant.

— Nous serons bientôt de retour.

— Oui, mais c'est la première fois que tu pars.

Les domestiques avaient déjà emporté les valises. Alice disait au revoir aux femmes du harem. Secrètement, elle espérait que ce soient des adieux. Pour la première fois, elle se réjouis-

sait de ce voile qui dissimulait ses émotions.
Curieusement, une certaine tristesse l'envahissait
à l'idée de se séparer à jamais de ces femmes avec
lesquelles elle avait vécu pendant presque dix ans.

— Adrianne doit s'asseoir près du hublot, dit
Jiddah, la grand-mère. Et surtout qu'elle ne
mange pas trop...

— Je vais tellement manger que tu ne me
reconnaîtras plus à mon retour, plaisanta
Adrianne.

— Je te reconnaîtrai toujours, ma gazelle. Reve-
nez-nous vite.

Alice et sa fille quittèrent le harem et traver-
sèrent le jardin en direction d'une limousine qui
les attendait. Adrianne était si excitée par ce
voyage qu'elle remarquait à peine la nervosité de
sa mère.

Elles arrivèrent enfin à l'aéroport. L'affluence
des Occidentaux n'avait fait que compliquer les
procédures d'embarcation. Trop petit, le terminal
était prit d'assaut par une cohue qui laissait per-
plexes les étrangers. Ces derniers s'efforçaient de
protéger leurs bagages contre le zèle des por-
teurs, tout en cherchant sur les panneaux d'affi-
chage la mention de correspondances retardées
de plusieurs heures, voire d'un jour ou deux.

Une cacophonie de langues différentes réson-
nait sous la voûte de l'aéroport. Adrianne n'avait
jamais vu autant d'Occidentaux de toute sa vie.

— Pourquoi viennent-ils à Jaquir? demanda-
t-elle à sa mère tandis que les gardes du corps
leur ouvraient un passage parmi la foule.

— Pour l'argent, répondit laconiquement Alice.
Elles parvinrent enfin sur le tarmac et mon-

tèrent rapidement dans le petit jet privé du cheik de Jaquir où les domestiques les accueillirent d'une révérence. L'intérieur de l'appareil reflétait la richesse de son propriétaire. Les sièges étaient recouverts des tissus les plus précieux, les lampes étaient équipées d'abat-jour en cristal et l'air conditionné embaumait le bois de santal, le parfum préféré du souverain de Jaquir.

Celui-ci était déjà à bord, occupé à examiner un dossier avec son secrétaire. Il avait troqué sa tenue orientale contre un costume taillé sur mesure à Londres mais il avait conservé son turban. Il ne prit pas même la peine de lever les yeux lorsque sa première épouse et sa fille prirent place dans l'avion. Il se contenta de faire un signe au pilote. Quelques minutes plus tard, l'appareil quittait la piste de l'aéroport de Jaquir.

Le nez collé au hublot, Adrianne avait saisi la main de sa mère. C'était son baptême de l'air.

– Nous allons bientôt voler au-dessus des nuages, lui expliqua Alice à voix basse. Et nous serons bientôt loin de Jaquir...

Adrianne ne tarda pas à se détendre. Elle finit même par s'assoupir. Apercevant par le hublot les eaux bleues de la Méditerranée, Alice se mit à prier en silence...

Paris était un véritable enchantement. Adrianne avait toujours cru que les histoires que lui racontaient sa mère n'étaient somme toute que des contes de fées. Aujourd'hui, elle avait l'impression d'être passée de l'autre côté du miroir pour entrer dans un monde qui n'existait jusqu'alors que dans son imagination.

Sa mère était comme transformée. Elle portait désormais un joli tailleur, ses cheveux étaient relâchés sur les épaules. Elle avait même adressé la parole à un homme, un inconnu, au moment de passer les douanes. Adrianne avait craint une remontrance de son père, mais celui-ci n'avait pas bronché.

A Paris, les femmes marchaient seules ou en tenant le bras d'un homme, mais toujours la tête haute, souvent maquillées. Elles portaient des jupes étroites et des bas qui montraient leurs jambes. A son grand étonnement, Adrianne vit même un couple s'embrasser sur la bouche au milieu de la foule. Et les policiers laissaient faire!

Le soleil se couchait sur Paris. Les façades des immeubles étaient comme éclaboussées par une lumière rose et dorée. La limousine fila le long de superbes avenues bordées d'arbres, puis s'engagea sur les quais de la Seine.

Les yeux écarquillés, Adrianne n'en perdait pas une miette. Elle se croyait sur une autre planète. Les couples marchaient main dans la main, la brise parfumée soulevait les jupes des femmes. Les gens se pressaient sur les terrasses de café et les rayons du soleil couchant venaient scintiller dans leurs verres.

Mais la voiture s'immobilisa bientôt devant leur hôtel.

— On peut aller se promener? demanda Adrianne.

— Demain, s'empressa de répondre Alice en lui serrant fortement la main. Demain, ma chérie.

Avec leurs bagages, les secrétaires, les domestiques et les gardes du corps, les nouveaux arrivants occupèrent tout le grand hall du Crillion. Adrianne et sa mère furent rapidement conduites jusqu'à leur suite.

— Maman, on ne va pas au restaurant?

— Pas ce soir, chuchota Alice.

Elle se baissa pour regarder par le trou de la serrure. Un garde était déjà en faction devant leur porte. Alice pâlit, mais parvint à adresser un sourire à sa fille.

— Nous allons faire monter notre dîner ici, dit-elle.

Le visage d'Adrianne s'assombrit.

— Etre ici ou à Jàquir, c'est la même chose, maugréa-t-elle.

Elle se dirigea vers la fenêtre. La ville illuminée semblait appartenir à un conte de fées. Adrianne était à Paris, mais elle n'avait pas le droit de plonger dans la vie de la capitale.

— Un peu de patience, lui dit sa mère. Demain sera le jour le plus extraordinaire de ta vie. Tu as confiance en moi, n'est-ce pas?

— Oui, maman.

— Ce que je vais faire, c'est pour ton bien. A présent, sois sage, je reviens dans quelques minutes.

— Où vas-tu?

— Dans la pièce voisine.

Alice ferma derrière elle la porte qui séparait la chambre du reste de la suite. Elle savait qu'il était risqué d'utiliser le téléphone. Mais quel autre moyen avait-elle? Depuis quelques jours, elle n'avait pris aucune drogue et son esprit fonctionnait clairement. Il fallait miser sur le fait qu'après toutes ces années de soumission, Alice n'éveillerait pas la méfiance d'Abdoul.

Elle décrocha le combiné comme si c'était un objet d'un autre siècle : depuis dix ans, c'était la première fois qu'elle touchait un téléphone! Le cœur battant, elle composa le numéro de la réception et une voix lui répondit aussitôt.

— Je souhaiterais envoyer un télégramme aux Etats-Unis. A New York. De toute urgence.

Dans la pièce voisine, Adrianne contemplait le ciel de Paris. Elle craignait que sa mère ne fût souffrante, ce qui aurait donné à son père un prétexte pour les renvoyer à Jaquir.

A cet instant précis, le cheik Abdoul poussa la porte de la suite.

— Où est ta mère? s'enquit-il d'une voix cassante.

— Elle est à côté...

Comme Abdoul se dirigeait vers la porte indiquée, Adrianne fit deux pas en avant :

— Est-ce que nous pouvons sortir ce soir?

Il lui jeta un regard méprisant.

— Tu resteras ici.

La jeunesse d'Adrianne lui permettait plus d'insolence qu'aux autres.

— Il n'est pas tard, insista-t-elle. Le soleil vient à peine de se coucher. Grand-mère m'a dit qu'il y avait beaucoup de choses à faire le soir à Paris.

Abdoul marqua un temps d'arrêt. Il était rare que sa fille s'adresse ainsi à lui, plus rare encore qu'il daigne l'écouter.

— Tu resteras dans ta chambre. Rappelle-toi que tu es ici uniquement parce que je l'ai bien voulu.

— Mais pourquoi suis-je ici?

Abdoul fronça les sourcils devant tant de témérité.

— Mes raisons ne te regardent pas. Si tu ne te fais pas davantage oublier, je te renvoies à Jaquir séance tenante.

Les yeux d'Adrianne se mirent à briller.

— Je suis la chair de votre chair, dit-elle d'une voix douce. Pourquoi me haïssez-vous ainsi?

— Tu es la chair de ta mère.

Comme il se retournait vers la porte, celle-ci s'ouvrit, laissant passage à Alice. Ses joues étaient en feu, ses yeux égarés come ceux d'une colombe prise au piège.

— Abdoul. Vous vouliez me voir? J'avais besoin de me rafraîchir après le voyage.

— J'ai arrangé une interview. Nous prendrons le petit déjeuner ici à neuf heures avec une journaliste. Vous serez habillée comme l'exige la circonstance.

— Entendu. Après l'interview, j'aimerais aller faire quelques courses, et peut-être emmener Adrianne dans un musée...

— Vous aurez quartier libre de dix heures à quatre heures de l'après-midi. Ensuite, j'aurai besoin de vous.

— Merci.

— Veillez à ce que cette gamine ne parle pas trop, ou bien elle visitera Paris depuis sa chambre d'hôtel.

Dès qu'il fut sorti, Alice se laissa tomber sur le divan.

— Adrianne, je t'en supplie, ne le mets pas en colère. Pas maintenant.

— Le seul fait que j'existe suffit à le mettre en colère.

— Tu es trop jeune pour comprendre. Mais je te promets que nous aurons des jours meilleurs...

C'était la première fois qu'Adrianne prenait un repas en compagnie de son père. Elle aurait préféré que cela se passe ailleurs que dans la suite de l'hôtel, mais elle ne pipa mot. Dans une heure, elle arpenterait les rues de Paris.

Pour l'instant, elle était fascinée par la journaliste : son maquillage voyant, sa jupe et son chemisier aux couleurs vives la rendaient plus exotique qu'un oiseau des îles.

— Je ne sais comment vous remercier de m'accorder cette interview, Votre Majesté, commença-t-elle, déjà sous le charme de ce souverain oriental au regard si ténébreux.

— Le plaisir est pour nous, mademoiselle Grandeau, répondit Abdoul d'une voix suave en faisant signe au domestique de servir le café.

— J'espère que vous apprécierez votre séjour à Paris.

— J'ai toujours adoré cette ville, assura-t-il. Ma femme et moi sommes enchantés d'assister à ce gala.

— Le tout-Paris s'apprête à vous fêter, continua la journaliste en s'adressant à Alice. Vos admirateurs meurent d'impatience. Ils avaient le sentiment que vous les aviez délaissés pour l'amour.

Alice esquissa un sourire mais le café lui sembla soudain bien amer.

— Tout ceux qui ont connu l'amour savent qu'en son nom, il n'y a pas de sacrifice ni de risque insurmontables.

— Puis-je vous demander si vous regrettez parfois d'avoir renoncé à votre carrière cinématographique?

Alice posa son regard sur sa fille.

— Comment pourrais-je avoir des regrets quand tout est là pour mon bonheur?

— C'est un vrai conte de fées, n'est-ce pas? continua la journaliste. La belle actrice emportée dans le désert par un cheik mystérieux. Votre Majesté, votre pays s'enrichit un peu plus chaque jour. Quel est votre sentiment à propos de la présence occidentale à Jaquir?

— Jaquir est un petit pays qui se félicite des progrès apportés par l'exploitation du pétrole. Cependant, tout en ouvrant volontiers nos portes à l'Occident, je considère qu'il est de ma responsabilité de préserver notre culture.

— De toute évidence, les liens qui vous unissent à l'Occident sont très forts, puisque vous avez épousé une Américaine. Est-il vrai que vous ayez pris une autre épouse?

La main d'Abdoul se raidit sur son verre. Il supportait mal d'être interrogé par une femme.

— Dans ma religion, un homme a le droit de prendre quatre femmes, du moment qu'il peut les honorer toutes également.

— Compte tenu de l'ampleur du mouvement féministe aux Etats-Unis comme en Europe, pensez-vous que ce choc des cultures soit de nature à entraver les relations économiques entre l'Occident et le Proche-Orient?

— Nous sommes différents, mademoiselle, aussi bien dans nos vêtements que dans nos croyances. Les habitants de Jaquir seraient extrêmement choqués d'apprendre que, dans votre pays, une femme peut coucher avec un homme en dehors des liens sacrés du mariage. Mais ces différences culturelles n'auront aucune influence sur nos accords financiers.

De toute façon, la journaliste n'était pas venue là pour parler politique. Avant tout, ses lecteurs voulaient de l'émotion et du rêve. Elle se tourna vers Adrianne, qui avait hérité des beaux yeux noirs de son père et du profil admirable de sa mère.

— Princesse Adrianne, quel effet cela fait-il de savoir que sa mère fut considérée comme la plus belle femme du monde ?

— Je suis très fière d'elle.

— Peut-être suivrez-vous un jour ses pas à Hollywood... Votre Majesté, y a-t-il une chance pour que nous vous revoyons un jour sur les écrans ?

— Je donne toute priorité à ma famille, répondit Alice en caressant la main de sa fille. Bien sûr, je me réjouis d'être ici et de revoir quelques vieux amis. Mais j'ai choisi ma vie, et ce choix, je l'ai fait par amour.

Croisant le regard d'Abdoul, elle le soutint et ajouta :

— Et quand nous sommes amoureuses, nous autres femmes, nous sommes pieds et poings liés.

— Le malheur d'Hollywood fait le bonheur de Jaquir, philosopha la journaliste. On se demande beaucoup si vous porterez ce soir le Soleil et la Lune, qui figurent parmi les plus beaux joyaux du monde...

— Ils me furent offerts par mon mari le jour de notre mariage. Après Adrianne, ils représentent ce que j'ai de plus précieux au monde. Je suis très fière de les porter.

— Je puis vous assurer que vous ferez l'envie de tous les femmes ce soir, Votre Majesté.

— De mon côté, je dois dire que j'attends cette soirée avec une grande impatience. Espérons que tout se passera pour le mieux.

Comme prévu, Alice et sa fille furent accompagnées par deux gardes du corps et un chauffeur à leur sortie de l'hôtel. Mais Alice avait remporté une première victoire. Elle s'était arrêtée à la réception et avait demandé le passeport d'Adrianne, qu'on lui avait remis sans sourciller. De leur côté, les gardes n'avaient rien remarqué de suspect. A présent, Alice ne suivait plus de plan précis, mais se fiait à sa solide détermination. Dans la limousine, Adrianne ne tenait plus en place. Elle voulait monter au sommet de la tour Eiffel, s'asseoir à la terrasse d'un café, entendre enfin la musique de cette ville enchanteresse.

— Nous allons faire quelques courses. Voici Chanel, Dior... Tu vas voir tous ces merveilles, Adrianne. Mais surtout, reste bien près de moi. Je ne veux pas te perdre. Promis ?

— Promis.

Escortées par leurs gardes du corps, elles pénétrèrent dans les magasins les plus luxueux d'Europe. Avec une extrême déférence, on les conduisait dans de délicieux petits salons où on leur offrait du thé et de minuscules biscuits tandis que des mannequins présentaient la collection de la maison.

Avec la plus grande insouciance, Alice achetait des douzaines de modèles, des manteaux, de la lingerie fine. Autant de choses qu'elle ne porterait jamais, si tout marchait comme elle le souhaitait.

Derrière elle, les gardes disparaissaient sous une montagne de cartons et de sacs.

— Nous irons au Louvre avant de déjeuner, dit Alice à sa fille tandis qu'elles reprenaient place dans la limousine.

— On peut manger dans un café?

— Nous verrons. Je veux que tu sois heureuse, ma chérie. C'est la seule chose qui compte.

— Je suis contente d'être ici avec toi. Il y a tant de choses à voir. Quand tu me décrivais Paris, je croyais que tu me racontais des histoires. Et maintenant, c'est encore mieux que ce que j'avais rêvé.

La voiture longeait la Seine. Alice baissa sa vitre.

— Tu sens, ma chérie?

— Quoi donc? dit Adrianne en riant. Le fleuve?

— Non! La liberté! Je veux que tu te souviennes de ces instants.

La voiture les déposa devant le Louvre. Bientôt, Alice et Adrianne déambulaient devant les toiles de maîtres. Pour les plus célèbres d'entre elles, il fallait presque faire la queue, tant les galeries étaient encombrées de touristes et de groupes scolaires. Alice jetait de fréquents coups d'œil en direction de ses chiens de garde, qui suivaient à quelque distance, l'air profondément ennuyé.

— Ecoute attentivement ce que je vais te dire, Adrianne, chuchota rapidement Alice. Surtout, ne pose pas de questions. Suis-moi.

Elles se frayèrent un passage à coups de coude au milieu d'un groupe d'étudiants et s'engouffrèrent en courant dans une autre galerie.

Des cris retentirent dans leur dos. Sans ralentir

56

l'allure, Alice prit sa fille dans ses bras et dégringola les escaliers. Il lui fallait trouver une porte de sortie. Elle s'engagea dans un couloir, puis un autre. Elle devait semer les gardes. Derrière elle, elle entendait encore les bruits de leur course.

Les tableaux défilaient à droite et à gauche. Les gens regardaient passer cette femme hors d'haleine qui serrait une enfant dans ses bras.

Alice poussa une porte et se retrouva à l'extérieur du musée, sur le bord de Seine. La liberté!

Elle s'arrêta un moment de courir, héla d'une main frénétique un taxi qui s'arrêta aussitôt le long du trottoir. Alice se jeta littéralement dans la voiture.

— A l'aéroport d'Orly, vite!

— Bien, madame, dit le chauffeur en appuyant sur l'accélérateur.

— Qu'est-ce qui se passe, maman? Où allons-nous?

Alice couvrit son visage de baisers.

— Fais-moi confiance, Adrianne. Je t'expliquerai plus tard.

Blotties l'une contre l'autre, elles sortirent de Paris en direction de l'aéroport. Lorsque le taxi arriva à proximité d'Orly et qu'Adrianne aperçut les avions, elle demanda d'une voix inquiète:

— On retourne déjà à Jaquir?

Le ventre noué par la peur, Alice paya largement le chauffeur. Si Abdoul l'attrapait maintenant, il la tuerait.

— Non, répondit-elle en s'agenouillant à hauteur de sa fille. Nous ne retournerons jamais à Jaquir. Je t'emmène aux Etats-Unis, à New York.

Elles pénétrèrent dans l'aéroport. Alice ne

savait de quel côté se tourner. Elle faillit céder à la panique puis elle aperçut les guichets de la compagnie Pan American.

— Bonjour, dit-elle à l'employé. J'ai deux réservations pour New York. Sans bagages.

— Oui, madame, répondit-il en vérifiant aussitôt sur son ordinateur. Tout est en règle. Voici votre numéro de vol, la porte d'embarcation. Vous avez vingt-cinq minutes avant le départ.

— Merci, dit-elle en empochant les billets.

Elle allait s'en aller lorsque l'employé la retint.

— Une seconde s'il vous plaît...

Alice s'immobilisa. Elle ne pouvait échouer si près du but...

— Je suis désolé, commença l'employé, mais vous êtes bien Alice Spring, l'actrice? Est-ce que je pourrais avoir un autographe?

Poussant un soupir de soulagement, Alice s'empressa de griffonner sa signature sur le morceau de papier qu'on lui tendait.

— Viens, Adrianne. Ne ratons pas l'avion. Dieu bénisse ma chère Céleste. Elle doit nous attendre à l'aéroport de New York. C'est ma meilleure amie, Adrianne. Elle va nous aider.

La petite fille s'inquiétait de la pâleur de sa mère.

— Il va être furieux, risqua-t-elle.

— Il ne te fera aucun mal, je te le promets.

— Maman, il faut faire demi-tour avant qu'il ne soit trop tard, dit Adrianne, terrifiée. Je dirai que c'est de ma faute.

— Impossible, on ne peut plus faire marche arrière. Il allait nous séparer, ma chérie.

— Nous séparer?

— Il voulait t'envoyer en Allemagne. Mais je ne le laisserai pas faire. Je ne veux pas qu'il te marie à un inconnu. Je ne veux pas que tu connaisses la vie que j'ai menée ces dernières années.

En passant les services de douane et de sécurité, Alice et sa fille avaient conscience de franchir un nouveau seuil dans leur vie.

Elles montèrent enfin dans l'avion, attachèrent leur ceinture et écoutèrent le sifflement des moteurs. La tension accumulée depuis des jours tordait encore le ventre d'Alice. Comme si elle n'arrivait pas encore à se défaire de l'atmosphère oppressante du harem.

— Madame, vous désirez un verre après le décollage?

— Oui, dit Alice. Apportez quelque chose de frais pour ma fille.

— Et pour vous?

— Un scotch, dit-elle d'une voix blanche. Double.

6

CÉLESTE Michaels avait toujours eu un faible pour les bons mélodrames. Toute gamine, elle avait décidé de devenir actrice. Ses parents avaient accepté sans trop broncher les cours d'art dramatique qu'ils considéraient comme une lubie passagère.

A quinze ans, Céleste s'était fait teindre en blonde pour décrocher le premier rôle dans la pièce de fin d'année à son école. Sa mère avait poussé des hauts cris, son père l'avait sermonnée, mais Céleste était montée sur les planches.

Dès l'obtention de son diplôme, elle avait quitté la maison familiale en banlieue pour s'installer à Manhattan. Ses parents l'avaient laissée partir avec un mélange de soulagement et de consternation. Un jour ou l'autre, s'étaient-ils dit, quand le démon du théâtre l'aurait lâchée, elle reviendrait...

Céleste avait couru d'audition en audition, payant le loyer de son studio en vendant des hamburgers et des œufs sur le plat dans une gargote graisseuse. Elle s'était mariée à vingt ans... pour divorcer l'année suivante. La jeune fille n'avait déjà qu'une devise : « Aller toujours de l'avant! »

Dix ans plus tard, elle était la reine incontestée du théâtre new-yorkais, collectionnant les succès et les récompenses. Récemment, elle s'était même acheté un luxueux appartement près de Central Park. Elle avait offert une Cadillac à ses parents pour leur anniversaire de mariage, mais ils continuaient de penser qu'elle ne tarderait pas à réintégrer le foyer familial.

A présent, une cigarette à la main, Céleste arpentait impatiemment le hall de l'aéroport, consultant sa montre toutes les trente secondes, se demandant si Alice serait bien à bord du vol prévu.

Bientôt dix ans qu'elles ne s'étaient pas vues... Elles avaient fait connaissance lorsqu'Alice était venue tourner un film à New York. Céleste venait de divorcer et elle avait sans doute besoin d'une confidente : les deux femmes s'étaient liées très vite. Par la suite, elles se rendaient visite dès que possible ou se parlaient longuement au téléphone de Los Angeles à New York.

Elles étaient pourtant très différentes. Céleste était décidée, énergique, Alice était plus malléable. Leur amitié leur donnait assurément de l'équilibre.

Puis Alice s'était mariée et exilée dans son palais des mille et une nuits. Leur correspondace s'était espacée rapidement pour devenir quasiment inexistante. Céleste en avait souffert plus qu'elle ne l'aurait jamais admis. Elle avait continué à envoyer des cadeaux à la petite fille qu'elle ne connaissait pas mais qu'elle considérait un peu comme sa filleule.

Céleste sortit de son sac une poupée aux cheveux rouges. Elle l'avait choisie en pensant qu'Adrianne s'amuserait d'une poupée qui aurait les mêmes cheveux que sa mère.

Le vol fut enfin annoncé. Céleste se sentait aussi nerveuse qu'impatiente. Le télégramme qu'elle avait reçu n'en disait pas long. Les mots restaient gravés dans son esprit : « Chère Céleste, j'ai besoin de ton aide. Réserve deux billets pour New York au comptoir de la Pan American à Orly. Pour le vol de quatorze heures. Viens me chercher à l'aéroport si tu peux. Je n'ai que toi. Alice. »

Elle les reconnut dès qu'elles eurent franchi les portes, une grande dame rousse et une petite fille vêtue comme une poupée avançaient en se tenant par la main.

Céleste se précipita à leur rencontre. Elle remarqua le regard terrorisé d'Alice mais choisit de l'ignorer.

— Quelle joie de te revoir! s'exclama-t-elle en étreignant son amie.

— Oh, Céleste, Dieu merci, tu es là.

Etait-ce l'alcool ou le voyage qui rendait sa voix si pâteuse? Céleste se tourna vers l'enfant, dont les yeux noirs semblaient hagards.

— Alors voici ton Adrianne.

Céleste avait l'impression de se retrouver en présence de deux rescapées d'un naufrage. Elle jugea préférable de n'en rien montrer pour l'instant.

— Vous avez dû faire un long voyage. C'est presque terminé maintenant. Ma voiture vous attend dehors.

— Je ne pourrai jamais assez te remercier, Céleste.

– Ne dis pas de bêtises. Tiens, Adrianne, je t'ai apporté un cadeau.

L'enfant prit la poupée d'un geste presque machinal. La robe en velours lui fit penser à Duja.

– Elle est jolie, merci.

– Allons chercher vos bagages et nous irons chez moi. Vous pourrez vous y reposer.

– Nous n'avons pas de bagages, souffla Alice. Nous n'avons plus rien.

Elle tituba et manqua tomber à la renverse. Céleste la retint par la taille.

– C'est bon, dit-elle simplement. Allons à la maison.

Adrianne prêta peu d'attention au trajet entre l'aéroport et Manhattan. La limousine était silencieuse, il y faisait bon, mais l'enfant ne parvenait à se détendre en dépit de sa fatigue.

– Cela fait si longtemps, dit Alice en regardant autour d'elle comme quelqu'un qui sort d'une transe hypnotique. New York a bien changé, et pourtant, j'ai l'impression de la retrouver comme je l'ai connue.

– New York sera toujours New York, dit Céleste en soufflant un long nuage de fumée qu'Adrianne suivit avec fascination. Demain, la petite pourra faire une promenade dans le parc. Est-ce que tu es déjà montée sur un manège, Adrianne?

– Qu'est-ce que c'est?

– Ce sont des chevaux de bois qui tournent en musique. Il y en a près de chez moi. Vous ne pouviez pas choisir un meilleur moment pour venir à New York : tous les magasins ont revêtu leurs décorations de Noël.

Adrianne songea à la neige qui tourbillonnait dans sa boule verre. Elle eut envie de retourner à Jaquir, pour revoir sa grand-mère, ses cousines, pour sentir les odeurs d'encens qui flottaient dans le harem.

— Est-ce qu'il va neiger? demanda-t-elle.

— Probablement, répondit Céleste, qui s'étonnait de l'instinct maternel que l'enfant éveillait en elle. En ce moment, le temps s'est radouci, mais ça ne devrait pas durer. Mais voilà, nous y sommes.

La limousine s'immobilisa le long du trottoir.

— Cela fait cinq ans maintenant que je me suis installée ici. J'adore ce quartier, rien ne pourra plus m'en déloger.

Toutes trois passèrent le garde à l'entrée et s'engouffrèrent dans l'ascenseur lambrissé de bois.

— Je vous ferai visiter quand vous serez moins fatiguées, dit Céleste en entrant dans l'appartement et en jetant son manteau sur une chaise. Vous devez mourir de faim. Que diriez-vous d'une omelette?

— Je suis incapable de rien avaler, dit Alice en prenant place sur un sofa. Adrianne, tu as faim?

— Non.

— La pauvre chérie tombe de fatigue, dit Céleste. Et si tu faisais une petite sieste?

— Va avec Céleste, dit Alice. Elle prendra soin de toi.

— Tu ne vas pas partir?

— Non, je ne bougerai pas d'un pouce avant ton réveil. Promis.

— Viens avec moi, ma chérie.

Céleste porta presque l'enfant à l'étage supérieur. Elle la déshabilla et la glissa sous les couvertures.

— Tu as eu une longue journée, ma pauvre.

— S'il vient, vous me réveillerez pour que je puisse protéger maman?

Les yeux d'Adrianne étaient implorants.

— Oui, ne t'inquiète pas, dit Céleste en embrassant l'enfant sur le front. Je l'aime, moi aussi, tu sais. Ensemble, nous prendrons soin d'elle.

Rassurée, Adrianne ferma les yeux. Elle dormait déjà quand Céleste tira les rideaux. Un étage plus bas, sa mère s'était endormie sur le divan.

Adrianne fut réveillée par le cauchemar qui venait la hanter régulièrement depuis l'âge de cinq ans. Elle voyait son père entrer dans la chambre de sa mère, elle entendait les cris, la lampe qui se fracasse sur le sol... Et elle qui se cachait sous le lit, les mains collées sur les oreilles.

Elle se redressa dans son lit, le visage ruisselant de larmes, craignant d'avoir réveillé les autres femmes du harem. Mais en regardant autour d'elle, elle s'aperçut qu'elle n'était plus dans le harem. Son esprit était si confus qu'il lui fallut plusieurs minutes pour se rappeler tous les événements de la veille.

A présent, elle se trouvait à New York chez une dame blonde qui avait une très belle voix.

Adrianne ne voulait pas rester à New York. Elle voulait rentrer à Jaquir, avec Jiddah et ses cousines. Attrapant la poupée que lui avait offerte Céleste, l'enfant descendit de son lit à la recherche de sa mère.

Arrivée en haut de l'escalier, elle entendit des voix et aperçut sa mère qui parlait avec Céleste. La petite fille s'assit sur une marche et, serrant sa poupée contre son cœur, écouta la conversation des adultes.

— Je ne pourrai jamais te rembourser ces billets d'avion.

— Tais-toi, Alice, nous sommes amies, non?

— Tu ne peux pas savoir comme ton amitié m'a manqué ces dernières années.

— Si tu me racontais tout...

— Je ne sais pas par où commencer.

— La dernière fois que je t'ai vue, tu étais rayonnante de bonheur. Tu portais au cou le plus beau collier que j'aie jamais vu.

— Le Soleil et la Lune, acquiesça Alice en fermant les yeux. J'ai cru que c'était un cadeau, le plus beau gage d'amour que l'on puisse imaginer. Je ne me rendais pas compte qu'Abdoul venait de m'acheter.

— De quoi parles-tu?

— Je ne pourrai jamais te faire comprendre ce qu'était la vie à Jaquir.

Ses yeux bleus étaient injectés de sang. Le verre d'alcool qu'elle avait bu à son réveil n'avait rien fait pour la calmer.

— Essaie, l'encouragea Céleste.

— Au début, tout allait pour le mieux. Abdoul était plein d'attentions à mon égard. Et moi, la gamine du Nebraska, j'étais devenue une reine. Je me suis efforcée de vivre selon les coutumes locales: j'ai changé ma façon de m'habiller, mon comportement. La première fois que j'ai mis un voile, j'ai trouvé cela exotique et plutôt sexy. Et puis Abdoul avait l'air d'y tenir. Nous avons beaucoup voyagé cette première année. Pour moi, l'aventure continuait. Lorsque je suis tombée enceinte, j'ai été traitée avec des égards infinis. Il y a eu des complications mais Abdoul était très prévenant. Et puis j'ai accouché d'Adrianne.

Alice alla au bar et se servit un second verre de whisky.

— J'ai été très surprise de la colère d'Abdoul. D'autant qu'Adrianne était un superbe bébé et que j'avais fait deux fausses couches par le passé. Je savais qu'Abdoul parlait constamment de son futur fils mais je ne pouvais pas imaginer qu'il serait furieux d'avoir une fille. L'accouchement avait été difficile et je me suis moi-même emportée. Nous nous sommes disputés dans la chambre d'hôpital. Et puis, les médecins nous ont annoncé la nouvelle : je ne pourrais plus avoir d'enfant.

Alice avala une rasade du liquide doré.

— Abdoul a changé subitement. Il m'a accablée de tous les reproches : non seulement je ne lui avais pas donné de garçon mais je l'avais détourné de son devoir et de la tradition.

— Il ne manque pas d'air ! Si je me souviens bien, c'est lui qui t'a fait une cour invraisemblable. Il te couvrait de roses, il a même acheté un restaurant pour que vous puissiez dîner en tête à tête.

— Il n'était plus question de cela. Il a vu en Adrianne une sorte de châtiment divin pour avoir épousé une chrétienne, une actrice qui plus est. J'ai été reléguée dans le harem et je devais encore remercier le ciel de ne pas avoir été répudiée.

— Dans un harem ? Tu veux dire avec des femmes voilées et des orangers ?

— Cela n'a rien de très romantique, je te garantis.

Les femmes n'ont rien d'autre à faire que de rester assises à parler de sexe, d'enfants ou de chiffons. Leur statut dépend du nombre de garçons auxquels elles ont donné naissance. Elles ne travaillent pas, n'ont pas le droit de conduire une voiture. Elles boivent du thé en attendant que la journée se termine ou bien elles vont au marché sous étroite surveillance, couvertes de la tête aux pieds.

— Tu plaisantes?

— Non, je n'invente rien. Les femmes n'ont pas le droit d'adresser la parole à un homme qui n'appartient pas à leur famille.

— Alice, nous sommes au XXᵉ siècle!

— Pas à Jaquir. Le temps n'y a plus aucun sens. Céleste, j'ai perdu dix ans de ma vie. Parfois j'ai l'impression qu'il s'est écoulé un siècle, parfois quelques mois à peine.

— Mais les articles dans la presse sur le bonheur de votre couple?

— Tout est faux. Je n'étais autorisée à parler à la presse que parce qu'Abdoul avait besoin de publicité. Les enjeux financiers dans cette région du monde sont gigantesques. Abdoul est un homme ambitieux, et intelligent. Tant que je lui étais utile d'une façon ou d'une autre, il me gardait sous sa coupe.

Céleste alluma une cigarette. Elle n'était pas absolument convaincue que toute cette histoire n'était pas sortie de l'imagination débordante de son amie.

— Mais si tu étais traitée de cette façon, pourquoi es-tu restée si longtemps?

— J'ai plusieurs fois menacé de faire mes bagages. Mais il me battait...

— Oh, mon Dieu, Alice...

— Je n'ai jamais rien connu de pire. Je criais mais personne ne venait à mon secours. Il me frappait jusqu'à ce que je ne sente même plus les coups. Puis il m'a violée.

Céleste s'était levée pour prendre son amie dans ses bras.

— C'est de la folie. Pourquoi ne m'as-tu pas écrit? J'aurais pu t'aider.

— Même si j'avais réussi à te faire parvenir une lettre, tu n'aurais rien pu pour moi. Abdoul détient tous les pouvoirs à Jaquir. J'étais totalement impuissante : je me serais plusieurs fois suicidée, s'il n'y avait eu Adrianne.

— Que sait-elle vraiment?

— Je ne suis pas sûre. Le moins possible, j'espère. Elle n'était pas complètement malheureuse là-bas, puisqu'elle n'avait rien connu d'autre. Abdoul voulait la marier le jour de ses quinze ans.

— Mon Dieu, la pauvre enfant!

— Cette idée m'était absolument insupportable. Ce voyage à Paris m'est apparu comme un signe du destin. C'était maintenant ou jamais. Mais sans toi, je n'aurais rien pu faire.

— J'aimerais trouver ce salaud et le castrer avec un couteau de boucher.

— Je ne veux pas y retourner, Céleste. Je préfèrerais mourir.

— Ne dis pas ça. Tu es à New York, en sécurité. Nous allons d'abord contacter la presse, puis le ministère des Affaires étrangères.

— Non, non, je ne veux aucune publicité. Je ne peux pas prendre un tel risque. Je veux tout oublier, commencer une nouvelle vie. Il faut que je trouve une école pour Adrianne, un appartement...

— Pour le moment, vous êtes les bienvenues chez moi. Donne-toi le temps de respirer un peu.

Alice hocha la tête. Les larmes coulaient sur son visage.

— Veux-tu que je te dise le comble de cette histoire? C'est que j'aime toujours Abdoul...

En silence, Adrianne se leva et regagna sa chambre.

7

ADRIANNE fut réveillée par la faim. Elle descendit l'escalier sur la pointe des pieds, espérant trouver sa mère. Deux voix lui parvenaient, mais elle ne reconnaissait ni Alice ni Céleste. C'était apparemment une vieille dame et un monsieur en train de se quereller.

Adrianne poussa une porte et se retrouva dans la cuisine. La pièce était vide : pourtant, les voix semblaient bien venir de cette pièce. Soudain, la petite fille aperçut une boîte dans laquelle s'agitaient deux personnages en miniature. Fascinée, elle s'approcha pour effleurer l'écran de cette boîte magique. Ces images qui bougeaient et parlaient, ce devaient être des vedettes de cinéma, comme sa mère.

– Bonjour, ma chérie, dit Céleste en entrant à son tour dans la cuisine, les bras chargés de provisions. Ta mère dort encore, mais j'ai pensé que tu aurais l'estomac vide et je suis descendue faire quelques courses.

Céleste remarqua alors qu'Adrianne avait du mal à quitter des yeux le poste de télévision.

– Vous n'avez pas la télévision à Jaquir?

Adrianne se contenta de faire non de la tête.

— Impressionnant, non? Tu auras tout le temps de t'y faire ces jours-ci. Il y en a une autre plus grande dans le salon. En attendant, que dirais-tu d'un bol de Rice Krispies?

— Qu'est-ce que c'est?

— Hé bien, ce sont des grains de riz soufflés...

— J'aime bien le riz.

— Celui-ci est peut-être un peu différent.

Céleste versa des céréales dans un bol et les arrosa de lait et de sucre. Adrianne la regarda faire avec attention, goûta du bout de sa cuiller puis se mit à manger de bon cœur, un œil toujours rivé sur la télévision.

Elle ne s'arrêta que pour sauter au cou de sa mère lorsque celle-ci apparut à son tour dans la cuisine.

— Bonjour, ma chérie. Tu vois, j'ai dormi comme un loir. Qu'as-tu fait depuis ce matin?

— J'ai mangé des drôles de grains de riz en regardant la télévision.

— Oui, Adrianne s'est très vite américanisée, plaisanta Céleste. Viens boire une tasse de café et manger un morceau avant de sortir.

— Nous allons sortir? demanda Alice.

— Il faut bien que vous achetiez quelques vêtements. Tu as beaucoup à faire : autant commencer par le commencement.

Alice fit la grimace : elle éprouvait le soudain désir de retourner se coucher.

— Tu dois avoir raison. Adrianne, va donc te peigner les cheveux. Quand tu seras prête, nous irons nous promener en ville.

La petite fille quitta la cuisine, accompagnée par le sourire bienveillant des deux femmes.

— Elle est adorable, dit Céleste. Et elle t'adore.

— Sans elle, je n'aurais jamais tenu le coup. Céleste, tu sais que je n'ai pas d'argent pour ces vêtements...

— Oublie cela, veux-tu.

— Mais je te dois déjà tant. Et je n'ai pas perdu toute ma fierté, tu sais.

— Alors je te ferai un prêt, si tu préfères.

— Quand nous nous sommes quittées, nous en étions à peu près au même point. Tu as réussi, et j'ai tout perdu...

— Alice, tu as pris un mauvais tournant. Cela arrive à n'importe qui.

— Il me reste quelques bijoux. Je vais les vendre. Puis j'espère qu'après mon divorce, j'obtiendrai une pension ou un arrangement quelconque avec Abdoul. Et puis je travaillerai... Nos problèmes d'argent ne sont que temporaires.

— Nous avons le temps de nous inquiéter de cela. En attendant, je crois que ta fille a besoin d'un jean et d'une paire de baskets.

Adrianne se tenait à l'angle de la Cinquième Avenue et de la 52ᵉ rue. Si Paris lui avait semblé une autre planète, New York était une autre galaxie. Les gens étaient comme des fourmis, innombrables, et pourtant tous différents par leurs vêtements ou la couleur de leur peau. On voyait des femmes aux cheveux courts, d'autres qui portaient des pantalons, d'autres encore en manteau de fourrure.

Quel que soit leur accoutrement, tous ces gens marchaient à pas pressés. Seul ou en grappe, ils emplissaient tous les recoins de la ville. Leur voix résonnaient aux oreilles d'Adrianne puis disparaissaient presqu'aussitôt, emportées par le flot incessant.

Et puis il y avait ces immeubles qui s'élevaient jusqu'au ciel, plus haut que tous les minarets. Mais aucun muezzin n'y chantait l'appel à la prière.

Pour la première fois, l'intérieur des magasins intéressait moins Adrianne que la vie de la rue. Il y avait tant à voir, à entendre, à sentir même, depuis la fumée noire des camions jusqu'à celle des marrons chauds vendus sur le trottoir. C'était toute une humanité qui vivait là dans une démesure étourdissante.

C'était aussi une ville sale, sans pitié, mais Adrianne n'avait pas encore l'œil ouvert sur toutes les injustices. Elle ne voyait que la variété inépuisable de la vie, cette formidable énergie qu'elle n'avait encore jamais ressentie.

— Alors Adrianne, tu aimes New York? demanda Céleste.

— Je veux en voir plus.

— Jusqu'à plus soif, lui promit Céleste en riant.

Alice était épuisée. Tout ce bruit, tous ces gens... Après tant d'années de silence et de solitude! Et puis il y avait toutes ces décisions qu'il fallait prendre... Elle aurait tout donné pour un grand verre de vodka ou quelques tranquillisants.

— Alice?

— Oui, qu'est-ce qu'il y a?

— Je disais que tu as l'air fatigué. Tu veux rentrer à la maison?

Alice allait accepter mais aperçut le regard déçu de sa fille.

— Non, répondit-elle. J'ai juste besoin de reprendre un peu mon souffle.

Elles entrèrent dans un magasin de chaussures pour acheter des baskets.

— Nous voudrions essayer celles-ci, dit Céleste au jeune vendeur.

— Bien sûr. Quelle pointure?

Il s'était adressé directement à Adrianne, qui en resta bouche bée. Que faire? Elle n'avait pas le droit d'adressser la parole à un homme qui n'était pas de la famille. Céleste vint à la rescousse.

— Pourquoi ne pas mesurer son pied?

Adrianne écarquilla les yeux lorsque le jeune homme lui ôta sa chaussure et lui posa le pied sur une petite planche graduée.

— Je vais voir si j'ai cette pointure, dit le vendeur avant de disparaître.

Adrianne se pencha vers Céleste :

— Il a le droit de toucher mon pied?

— Oui, cela fait partie de son travail.

— C'est comme un docteur?

— Pas exactement...

Le retour du vendeur coupa court à toute explication.

— Voilà, mademoiselle. Essayez-les.

Adrianne enfila les baskets et fit quelques pas.

— C'est... différent, murmura-t-elle.

— En bien ou en mal? s'enquit Céleste.

— En bien, répondit l'enfant avec un sourire radieux.

Le vendeur se pencha pour appuyer son pouce à l'extrémité de la chaussure.

— C'est la bonne taille, décréta-t-il.

Adrianne inspira profondément et lui adressa un sourire :

– Je les aime beaucoup, merci.

Elle ne put retenir un gloussemnt de rire. C'était la première fois de sa vie qu'elle parlait à un homme étranger à la famille.

Les trois premières semaines qu'Adrianne passa à New York furent parmi les plus heureuses et les plus tristes de sa vie. Il y avait tant de choses à apprendre. Une partie d'elle-même désapprouvait l'indécence et l'exubérance de cette ville. L'autre était enthousiaste.

Les règles avaient changé. Elle n'était plus une princesse, et pourtant jamais elle ne s'était autant sentie entourée et aimée. Cependant, sa mère l'inquiétait. Alice passait d'un extrême à l'autre : un jour elle était rayonnante d'optimisme, elle faisait mille projets, le lendemain elle paraissait éteinte, se plaignait de maux de tête et d'estomac et pouvait passer des heures barricadée dans sa chambre.

Ces jours-là, Adrianne s'installait devant la télévision qui était devenue pour elle une distraction et un professeur. Son esprit absorbait tout comme une éponge.

Puis la lettre arriva. La lettre de Jaquir. Alice l'avait prise et s'était enfermée dans sa chambre. Elle y était restée toute la journée, refusant toute nourriture, demandant qu'on la laisse seule.

Il était maintenant presque minuit. Adrianne avait été réveillée par un éclat de rire de sa mère. Sur la pointe des pieds, elle s'était approchée de la porte d'Alice, qui était entrouverte.

– J'étais morte d'inquiétude, disait Céleste, arpentant la pièce dans le bruissement de soie de son pantalon de pyjama.

– Pardonne-moi, mais j'avais besoin de temps pour réfléchir.

Adrianne entrevit sa mère, les cheveux défaits, l'œil brillant.

– Recevoir des nouvelles d'Abdoul m'a donné un choc. Je crois que je n'étais pas encore prête. Tu peux me féliciter à présent : je suis une femme libre.

– Que dis-tu?

Avec des gestes mal assurés, Alice se leva pour se servir un verre de whisky.

– Abdoul et moi avons divorcé.

– En trois semaines?

– Il ne lui en a pas fallu autant. J'aurai quelques formalités à remplir, mais on peut considérer que le divorce est effectif.

– Tu ne veux pas plutôt aller boire un peu de café dans la cuisine? suggéra Céleste.

– Non, il faut bien fêter cela.

Alice appuya son verre contre sa tempe puis se mit à pleurer.

– Le salaud ne m'a même pas laissé une chance de conclure à ma manière. Pas une fois pendant toutes ces années je n'ai eu mon mot à dire. Voilà pourquoi je me suis saoulée aujourd'hui. Je suis une lâche.

– Comment peux-tu dire une telle chose? Après ce que tu as fait? Alice, je sais que ta situation est difficile. Après un divorce, on a soudain l'impression de perdre pied. Mais tôt ou tard, tu vas refaire surface, je te le promets.

– Je me retrouve seule...

– Allons, tu es jeune, tu es belle. Ce divorce est une renaissance, pas une fin.

– Il m'a volé quelque chose, Céleste. Quelque chose que je ne retrouverai jamais.

Alice se couvrit le visage.

– Seule Adrianne compte à présent, continua-t-elle.

– Elle ira très bien.

– Il n'y aura aucun arrangement financier, lâcha soudain Alice. Pas de pension, rien. Adrianne n'hérite que d'un titre qui peut lui être retiré à tout instant. Abdoul garde tout, y compris le Soleil et la Lune, le collier qu'il m'avait offert pour notre mariage.

– C'est impossible, Alice! Tu as un bon avocat. Cela prendra peut-être du temps, mais Abdoul a des responsabilités à ton égard et à celui de sa fille.

– Non, il est on ne peut plus clair sur ce point. Si j'essaie de me battre, il me prendra Adrianne. Il en est capable, Céleste, tu peux me croire.

Céleste prit le verre des mains de son amie et le posa sur la table.

– Que comptes-tu faire alors?

– Ce que j'ai fait : boire jusqu'à me rendre malade, et appeler Larry Curtis.

– Ton agent?

– Oui. Il prend l'avion demain pour New York.

– Tu es sûre d'être prête?

– Il le faut.

– D'accord. Mais avec Larry Curtis? La rumeur n'est pas très flatteuse à son sujet.

– Les rumeurs, ce n'est pas ce qui manque à Hollywood.

– Je sais, mais... Ecoute, Larry Curtis est un bel homme, et très habile, mais je me souviens qu'avant de partir pour Jaquir, tu songeais déjà à te débarrasser de lui.

— Tout cela, c'est du passé. Larry m'a aidée autrefois. Il peut recommencer. Je vais revenir sur les écrans, Céleste. Je vais redevenir une star.

La première fois qu'Adrianne vit Larry Curtis, elle pensa à son père. Il n'y avait pourtant aucune ressemblance physique entre les deux hommes. Curtis était moins grand et plus épais qu'Abdoul. Sutout, il avait une masse de cheveux blonds ondulés qui encadraient un visage charnu, à la peau tannée par le soleil californien. Il exhibait sans cesse ses dents très blanches et parfaitement uniformes.

Adrianne aima sa tenue. Il portait une chemise lavande à manches de mousquetaire, ouverte assez bas pour laisser voir une grosse chaîne en or sur sa poitrine. Retenu par une large ceinture noire, son pantalon était très étroit à la taille et jusqu'au genou, puis s'ouvrait comme une cloche, recouvrant presque entièrement la pointe de ses bottes.

Alice avait témoigné ouvertement sa joie de revoir son ancien agent. Ils s'étaient embrassés et Larry s'était même permis une tape amicale sur la fesse de l'actrice.

— Content de te revoir, ma belle. Tu es superbe. Tu as perdu un peu de poids mais c'est à la mode en ce moment.

Il remarqua les cernes sous les yeux mais songea que cela pouvait se corriger. Alice Spring avait été une véritable mine d'or du temps de sa splendeur. Avec un peu d'efforts, Larry comptait bien relancer la machine.

– Bel appartement, dit-il à Céleste.

La maîtresse de maison remercia d'un hochement de tête. Son amie avait besoin de cet homme, aussi Céleste avait-elle décidé de faire taire ses préventions à son égard.

– Comment s'est passé ton vol?

– Impeccable. Mais ça m'a donné soif...

Alice se précipita vers le bar.

– Un bourbon, n'est-ce pas, Larry?

– C'est ça, ma belle, répondit Larry en se mettant à l'aise dans le sofa. Alors, qui est cette jolie petite gamine?

Adrianne était immobile sur une chaise près de la fenêtre.

– C'est ma fille. Adrianne, je te présente M. Curtis, un de mes meilleurs amis.

L'enfant se leva et fit une courte révérence.

– Enchantée de faire votre connaissance, monsieur Curtis.

L'agent éclata de rire.

– Pas de formalités avec moi. Je suis pratiquement de la famille. Appelle-moi oncle Larry. Je suis sûr qu'on va très bien s'entendre...

Céleste prit la main de la petite fille.

– Je crois que nous allons sortir terminer nos achats de Noël, dit-elle. Comme cela, vous aurez tout le loisir de parler affaires.

– Merci. Amuse-toi bien, ma chérie.

Son manteau et ses gants enfilés, Adrianne sortit en compagnie de Céleste.

– Alice, ça fait rudement plaisir de te revoir, répéta alors Larry en se rapprochant d'elle. Mais c'est à Los Angeles que tu devrais être, pas à New York.

– J'avais besoin d'un peu de temps. Céleste a été merveilleuse. Je ne sais pas ce que j'aurais fait sans elle.

– Les amis sont faits pour ça.

Il tapota la cuisse d'Alice et sa main s'attarda un moment.

– Alors, ma belle, combien de temps comptes-tu rester ?

– Définitivement.

Dès qu'il eut fini son verre de bourbon, Alice lui en servit un autre, ainsi qu'un pour elle-même. Larry prit note, se souvenant qu'autrefois Alice ne buvait guère plus d'un verre de vin aux heures des repas.

– Et ton cheik ?

– J'ai demandé le divorce.

Larry passa un bras autour d'Alice, sous prétexte de la réconforter. Elle était un peu plus âgée que ses conquêtes habituelles, mais elle était vulnérable, une qualité que l'agent appréciait chez les femmes comme chez ses clients.

– Je suis là, roucoula-t-il. Est-ce que je ne me suis pas toujours bien occupé de toi ?

– Si, répondit-elle, au bord des larmes. Larry, il me faut un rôle. N'importe lequel.

– Laisse-moi faire. On va commencer par une interview. Genre « la Reine est de retour ». On va faire des photos avec la gamine : ça fait toujours pleurer les chaumières. De mon côté, je vais prendre quelques contacts, tirer quelques ficelles. Dans un mois, deux tout au plus, on les tiendra tous dans le creux de notre main.

– J'espère que tu dis vrai. Je suis partie depuis si longtemps.

— Fais tes valises et sois prête pour la fin de la semaine. La suite, j'en fais mon affaire.

— Je n'ai pas d'argent, confessa Alice, ravalant son orgueil. J'ai vendu mes bijoux, mais j'ai besoin de cet argent pour payer l'école d'Adrianne.

Larry comprit que tant qu'il y aurait Adrianne, Alice serait prête à toutes les concessions.

— Je t'ai dit que j'allais m'occuper de toi, non? répéta Larry d'une voix suave tandis que sa main faisait glisser la fermeture Eclair dans le dos d'Alice.

— Larry... protesta-t-elle faiblement.

— Allons, ma belle. Tu me fais confiance, n'est-ce pas? Je vais te décrocher un rôle, te trouver une maison, une bonne école pour ta gamine. Ce qu'il y a de plus chic. C'est bien ce que tu veux, non?

— Oui...

— Et tu vas retrouver la lumière des projecteurs. A condition que tu fasses exactement ce que je te dirai...

Alice se laissa déshabiller. Abdoul la prenait selon son désir, sans jamais rien donner en échange. Avec Larry, il y avait au moins la promesse d'une protection, et peut-être même d'un peu d'affection.

— J'ai toujours adoré tes seins, ma jolie...

Alice ferma les yeux et le laissa disposer de son corps.

8

LUNETTES noires, jambes croisées, Philip Chamberlain écoutait distraitement le bruit des balles de tennis sur les raquettes en sirotant un gin-tonic. Devenir l'ami d'Eddie Treewalter n'avait pas été une partie de plaisir, mais cela lui avait au moins ouvert les portes de ce club sportif fréquenté par la jet-set de Los Angeles. Philip était venu à Beverly Hills pour affaires mais un peu de détente ne nuisait jamais au travail. Eddie était d'une humeur particulièrement joviale, Philip lui ayant laissé gagner le match.

— Tu ne veux pas aller manger un morceau, vieux ? demanda Eddie.

— Je ne peux pas, j'ai un rendez-vous.

— Oublie-le.

Fils d'un chirurgien esthétique parmi les plus cotés de Californie, Eddie Treewalter n'avait jamais travaillé de sa vie. Pendant que son père liftait et rafistolait les vedettes, ce cher Eddie suivait de vagues études universitaires, revendait de la drogue pour passer le temps, et venait faire le jeune coq au club sportif.

— Tu viendras à la réception chez Stoneway ce soir ? demanda-t-il à son nouveau copain Philip.

– Je ne la raterais pour rien au monde.

Eddie avala d'un trait sa vodka et en commanda une autre.

– Ce Stoneway est un photographe minable mais il faut reconnaître qu'il sait donner des fêtes. Il y a toujours assez d'herbe et de poudre chez lui pour tout un régiment. Mais j'oubliais : ce n'est pas ta tasse de thé, hein ?

– J'en ai d'autres.

– A ton aise. Mais ce type sert la cocaïne sur des plateau d'argent. Très chic.

Il suivit du regard une jolie blonde en jupette blanche.

– Tu préfères ce genre de vice, pas vrai, Philip ? On peut marier les deux, tu sais : mets un peu de poudre au nez de cette fille et elle se transformera en véritable bombe sexuelle.

– C'est à peine une adolescente, dit Philip en masquant de son mieux le dégoût que lui inspirait ce jeune prétentieux.

– Il n'y a plus d'adolescents de nos jours. Et puisqu'on en est au chapitre des coups faciles...

Il pointa du menton en direction d'une superbe rousse en robe légère.

- ...on peut toujours compter sur cette bonne Alice Spring. Je crois que même mon père lui est passé sur le corps. Un peu fripée, paraît-il, mais des seins qui ont de la tenue.

– Il faut que j'y aille, dit Philip.

– Hé, sa fille est avec elle, continua Eddie en humectant ses lèvres. Voilà une gamine qui sera bientôt une affaire du tonnerre. Fraîche et pure... Encore quelque temps et elle sera prête à cueillir. Sa maman lui interdit de venir à la fête ce soir, mais elle ne pourra pas la garder indéfiniment sous les verrous.

Philip jeta un œil machinal. Il aperçut une jeune fille aux traits fins et altiers, une chevelure noir de jais et des jambes somptueuses. Mais la blonde de tout à l'heure devait avoir deux fois son âge...

— Un peu trop jeune pour moi, dit-il. A ce soir.

Dans un jour ou deux, il n'aurait plus à jouer la comédie avec cet imbécile d'Eddie. Il serait de retour à Londres avec quelques souvenirs hollywoodiens pour sa mère.

Tandis qu'il gagnait la sortie, une balle vint rouler à ses pieds. Il se baissa pour la ramasser. La fille aux jambes somptueuses avait mis de grandes lunettes noires. Elle lui adressa un sourire lorsqu'il lui renvoya la balle.

— Merci, lança-t-elle.

— De rien...

Philip chassa de son esprit la trop jeune fille d'Alice Spring. Il avait du pain sur la planche.

Vingt minutes plus tard, il roulait dans Beverly Hills au volant d'une camionnette blanche sur laquelle on pouvait lire : « Nettoyage de moquettes ». La mère d'Eddie serait très fâchée en découvrant que son coffret à bijoux avait aussi été nettoyé. Pour pas un centime de plus...

Philip s'était affublé d'une perruque et moustache brunes, et d'une salopette blanche aux épaules légèrement rembourrées.

Pendant deux semaines, il avait observé les allées et venues des Treewalter. Il savait qu'il disposait de vingt-cinq minutes avant que la femme de ménage revienne du marché.

C'était presque trop facile. La semaine dernière,

il avait fait une copie de la clé d'Eddie dans les vestiaires du club. Dès qu'il fut dans la place, Philip débrancha l'alarme et cassa un carreau de la porte de derrière pour faire croire à un vol par effraction.

Il monta rapidement dans la chambre principale pour se mettre à l'œuvre sur le coffre. Il esquissa un sourire en découvrant qu'il s'agissait du même modèle que chez les Mezzini, à Venise. Il lui avait fallu douze minutes seulement pour l'ouvrir et pour soulager ces riches Italiens d'une superbe collection d'émeraudes.

Il suffisait d'un peu de concentration. A vingt et un ans, Philip faisait de sa capacité à se concentrer sa principale force.

Il colla son stéthoscope sur la paroi froide du coffre-fort et tourna lentement la molette.

Son goût de la perfection donnait des ailes à son ambition. Il était aussi habile à ouvrir un coffre qu'à briller dans un cocktail mondain. Ses talents lui avaient permis d'installer sa mère dans un bel appartement : elle passait désormais ses journées à faire du lèche-vitrine ou à jouer au bridge. Luimême s'était offert une jolie maison à Londres. Bientôt, il prospecterait la campagne à la recherche d'un charmant cottage.

Un déclic, et le coffre s'ouvrit. Avec la patience d'un médecin, il étudia à travers sa loupe tous les bijoux et toutes les pierres rangés dans un écrin de velours. Tout ce qui brille n'est pas or. Il y avait là un gros saphir, des boucles d'oreilles en saphir, quelques diamants de tailles diverses... Satisfait, Philip prit le tout.

Vingt minutes plus tard, il montait en sifflotant au volant de sa camionnette. Au coin de la rue, il croisa la femme de ménage qui revenait du marché.

A Hollywood plus qu'ailleurs, les apparences sont trompeuses. Adrianne était d'abord tombé sous le charme. Cette Amérique-là était si différente de celle qu'elle avait vue à New York. Ici, les gens semblaient moins pressés, plus accueillants. On aurait dit un petit village.

Mais à l'âge de quatorze ans, Adrianne avait appris que les manières des gens étaient aussi trompeuses que les affiches placardées à l'extérieur des cinémas. Elle savait aussi que le « comeback » d'Alice était un échec.

Elles avaient une maison, l'adolescente allait dans une bonne école, mais la carrière de sa mère n'en avançait pas moins à reculons. Si Jaquir avait porté un coup à son physique, il avait aussi porté atteinte à son talent comme à sa fierté.

— Tu n'es pas prête? cria Alice en entrant dans la chambre de sa fille.

Celle-ci comprit aussitôt que sa mère avait reçu un nouvel arrivage d'amphétamines. Sa voix haut perchée et ses yeux brillants le montraient assez. Mais Adrianne n'était pas de force à supporter une nouvelle dispute, qui se terminerait par une crise de larmes et des promesses inutiles.

— Presque, dit Adrianne en boutonnant sa robe-smoking.

Elle détestait la tenue de sa mère, une robe trop courte à paillettes dorées. Elle reconnaissait là l'œuvre dégradante de Larry Curtis, l'agent de sa mère, son amant occasionnel et son âme damnée.

— Nous avons encore le temps, non?

— Je sais, mais les premières sont toujours si excitantes. La foule, les photographes... Tout Hollywood sera là. Ce sera comme au bon vieux temps.

Elle s'arrêta devant le miroir, et s'imagina entourée par les admirateurs et les journalistes.

— Dans quelques mois, nous irons à ma première. Oh, bien sûr, c'est un film à petit budget. Mais comme dit Larry, je dois me montrer disponible. Et avec la campagne de publicité qu'il prépare...

Elle songea à la séance de photos de nu à laquelle elle s'était soumise la semaine dernière. Le moment n'était pas venu d'en parler à Adrianne. Mais c'était les affaires. Rien que les affaires.

— Je suis sûre que ce sera un très bon film, dit Adrianne.

La vérité, c'est que tous les précédents avaient été des navets. Sa mère se ridiculisait chaque fois un peu plus, se servant de son corps plus que de ses talents de comédienne. Après cinq ans en Californie, Alice n'avait fait somme toute qu'échanger un esclavage contre un autre.

— Grâce à ce film, je pourrai acheter une maison sur la plage.

— J'aime bien notre maison.

— Elle est trop petite.

Avec le temps, Alice avait tendance à oublier les contraintes du palais de Jaquir pour ne plus se souvenir que de son opulence.

— Je veux t'offrir davantage, ma chérie. Mais reconstruire une carrière prend du temps...

— Je sais, soupira Adrianne. Mes cours se terminent dans deux semaines. On pourrait aller rendre visite à Céleste à New York.

88

– On verra... Larry négocie un nouveau rôle pour moi.

Adrianne ne posa pas de questions. Plus sa mère s'efforçait de monter vers les sommets du box-office, plus elle glissait sur la mauvaise pente. Adrianne avait conscience que tout ce que faisait Alice, c'était par amour pour elle. Mais elle se sentait incapable de lui montrer que tous ses efforts ne servaient qu'à construire une cage plus sordide encore que celle à laquelle elle avait échappé.

– Maman, cela fait des mois que tu n'as pas pris de vacances. Nous pourrions aller voir la nouvelle pièce de Céleste, visiter des musées...

– En attendant, amusons-nous ce soir. Les garçons vont tomber à la renverse en te voyant.

Adrianne haussa les épaules. Elle se fichait bien des garçons.

– Dommage que Larry ne soit pas là pour nous accompagner.

– Nous n'avons besoin de personne, maman.

Adrianne était habituée à la foule, aux flashes des photographes, aux caméras. Elle savait à merveille donner un sourire au moment voulu, répondre aux questions sans trop se livrer. La presse l'avait prise en affection et évitait de trop égratigner sa mère.

Adrianne jouait d'ailleurs de ses faveurs auprès des journalistes. Ainsi, en descendant de voiture, elle s'empressa de prendre sa mère par le bras, sachant que les journaux ne publieraient de photos d'Alice Spring que si sa très séduisante fille y figurait aussi.

Mais Alice ne s'apercevait de rien. La ferveur des phographes la faisait revivre, elle semblait réellement heureuse. L'espace de quelques minutes, elle redevenait une star. Derrière les barrières de sécurité, le public attendait les vraies vedettes mais, bon enfant, il applaudissait les actrices de série B. Alice ne voyait que les sourires et s'arrêtait pour saluer de la main.

Adrianne l'entraîna à l'intérieur du cinéma où les professionnels du septième art déployaient tous leurs efforts pour séduire ou bluffer leurs concurrents.

— Ma chère, quelle joie de vous voir! s'exclama Althea Gray, une comédienne qui s'était fait remarquer dans une série télévisée.

Elle fit mine de déposer un baiser sur la joue d'Alice, tandis qu'elle esquissait un sourire ennuyé à l'attention d'Adrianne.

— Quelle idée charmante, ce smoking...

Elle alluma une longue cigarette d'une main outrageusement baguée.

— Enfin des visages amicaux dans tout ce cirque, continua Althea. Je ne voulais pas venir, mais mon agent en aurait fait une attaque. Que deviens-tu, ma chère? Il y a une éternité que je ne t'ai pas vue...

— Je viens de terminer un film, répondit Alice. Un policier qui devrait sortir cet hiver.

— Merveilleux, fit Althea en exhalant la fumée de sa cigarette. En ce qui me concerne, je vais tourner un film sur un scénario de Dan Bitterman intitulé *Escapade*. Tu en as peut-être entendu parler. Je vais jouer le rôle de Mélanie.

Althea marqua une pause comme pour s'assurer que le coup avait porté.

90

— Bien, je vais rejoindre mon cavalier, reprit-elle. Contente de t'avoir revue, Alice. Il faut qu'on déjeune ensemble, un de ces jours.

— Maman... Qu'est-ce que tu as?

— Rien.

Larry lui avait promis qu'elle aurait le rôle de Mélanie. Il ne restait plus qu'à signer le contrat, avait-il dit. C'était le film qui devait relancer définitivement sa carrière...

— Maman, tu es livide, tu veux rentrer à la maison?

— A la maison? Non, mais j'aimerais bien boire un verre. Oh, voilà Michael.

Elle fit un signe de la main à l'acteur qui lui avait plusieurs fois donné la réplique dans ses premiers grands films. Michael avait aujourd'hui les tempes grisonnantes, quelques rides ici et là, mais il était toujours très demandé, peut-être parce qu'il n'avait jamais cherché à jouer les éternels jeunes premiers.

Il embrassa son ex-partenaire avec beaucoup d'affection et un soupçon de pitié.

— Qui est cette jolie jeune femme qui t'accompagne? Ne me dis pas que c'est notre Adrianne. Elle fait pâlir d'envie toutes les starlettes d'Hollywood. Voilà ta plus grande réussite, Alice.

Adrianne déposa un baiser sur la joue de Michael. Il était le seul homme avec lequel elle se sente parfaitement à l'aise.

— Ne me dites pas que vous êtes venues sans escorte!

— Larry est en voyage.

— Alors accepteriez-vous de tenir compagnie à un vieux cabotin solitaire?

— Vous n'êtes jamais seul, répliqua Adrianne. Je

lisais la semaine dernière encore que vous batifoliez avec Ginger Frye dans la région de Denver.

— Alice, cette enfant est trop précoce à mon goût, plaisanta Michael. Pour ta gouverne, sache qu'il s'agissait d'un simple week-end de ski. Ginger m'accompagnait seulement dans le cas où j'aurais eu besoin d'assistance médicale.

— Et ce ne fut pas le cas?

Michael sortit un billet de banque de sa poche.

— Va donc t'acheter un jus de fruit, dit-il à la jeune curieuse.

Il la regarda s'éloigner avec grâce dans la foule. Dans un an ou deux, Adrianne aurait la ville à ses pieds.

— C'est un trésor, Alice. Quand je pense que ma fille Marjorie fait tout pour me rendre la vie impossible... Je t'envie, Alice.

— Elle ne m'a jamais donné le moindre souci. Je ne sais pas ce que je deviendrais sans sa présence.

— Est-ce que tu es allée consulter ce psy que je t'avais conseillé? demanda Michael en baissant la voix.

— Je n'ai pas eu le temps, répondit Alice, qui espérait éviter ce sujet délicat. D'ailleurs, je vais beaucoup mieux ces derniers temps. Sans compter qu'à mon avis les analyses sont très surestimées. Parfois, je me dis que l'industrie du cinéma a été inventée pour faire vivre la psychanalyse et la chirurgie esthétique.

— Cela ne fait jamais de mal de parler à quelqu'un.

— J'y penserai.

Adrianne prenait son temps, sachant que s'il en avait l'occasion, Michael tenterait de convaincre sa mère d'entreprendre une thérapie. Car Alice courait un grave danger : pour le moment, elle s'était limitée aux pilules et à l'alcool mais la cocaïne était facile à trouver à Hollywood, surtout lorsqu'on avait un agent de la trempe de Larry Curtis. Adrianne devait sauver sa mère avant que celle-ci ne franchisse le pas.

— Tu as vu la robe qu'elle porte? dit Althea Gray à son voisin en désignant Alice.

Adrianne s'arrêta derrière l'actrice et prêta l'oreille.

— On dirait qu'elle veut prouver à tout le monde qu'elle a encore des seins, ajouta Althea.

— Après ses deux derniers films, plus personne n'en doute, commenta son interlocuteur. A mon avis, ils auraient dû être crédités au générique.

Althea éclata de rire.

— Elle a l'air d'une amazone sur le retour. Dire que cette naïve croyait vraiment obtenir le rôle de Mélanie... Tout le monde sait qu'elle ne décrochera plus jamais un vrai contrat. C'en serait presque drôle, si ça n'était aussi pathétique.

— Pas aussi pathétique que d'entendre les ragots d'une actrice de troisième zone, intervint Adrianne.

— Oh mon Dieu, les murs ont des oreilles, fit Althea en feignant l'embarras.

Adrianne lui fit face.

— Et les talents médiocres ont de gros égos.

Comme le compagnon d'Althea appréciait la riposte, Althea le fusilla du regard avant de répliquer à Adrianne.

— Laisse-nous, ma chérie, c'est une conversation pour adultes.

— Vraiment? Elle m'avait pourtant semblé jusqu'ici particulièrement immature. Ma chérie.

– Espèce de petite insolente, s'énerva Althea. Quelqu'un devrait t'apprendre les bonnes manières.

– Je n'ai aucune leçon à prendre d'une femme telle que vous, rétorqua Adrianne sans sourciller. Vous ne pourriez que m'enseigner l'hypocrisie.

Elle lui tourna les talons.

– Sale petite peste, grimaça Althea.

– Laisse tomber, lui dit son cavalier. Elle t'a mouché le nez.

Adrianne avait appris – par la rumeur – que sa mère avait posé nue dans un magazine pour hommes. L'amour pouvait-il justifier un tel avilissement? Alice se vendait pour payer son éducation, ses vêtements, son chauffeur et son garde du corps. Car l'actrice continuait à craindre les représailles d'Abdoul ou une tentative d'enlèvement. Adrianne restait la fille du cheik de Jaquir.

– Maman, appela Adrianne en entrant dans leur minuscule carré de jardin. Pourquoi n'irais-je pas dans une école publique l'année prochaine?

– Tu ne te plais pas dans celle-ci?

– C'est-à-dire que je pourrais apprendre les mêmes choses pour moins cher...

– Ne t'occupe pas de cela, ma chérie. C'est l'affaire des parents. Tu veux m'accompagner chez la manucure?

– Non, j'ai un examen d'espagnol lundi. Je dois réviser.

– Tu travailles trop.

– Ma mère aussi, répliqua Adrianne avec un sourire un peu triste.

– Alors nous avons besoin d'une récompense. Ce soir, je t'emmène au restaurant.

— Je serai prête.

Sa mère partie, Adrianne alluma la radio et s'installa sur la table du salon avec ses livres. Les études ne la rebutaient pas, bien au contraire. A la différence de ses camarades de classe, elle ne considérait pas l'éducation comme une nécessité mais comme un privilège. En quittant Jaquir, Adrianne ne savait pas lire; aujourd'hui, elle dévorait les livres avec passion.

A quatorze ans, elle rêvait de devenir ingénieur. Les mathématiques et l'algèbre étaient pour elle comme un second langage. Avec l'aide d'un professeur, elle s'attaquait à présent à l'électronique et aux ordinateurs.

Adrianne était penchée sur un exercice de grammaire espagnole lorsqu'elle entendit la porte s'ouvrir.

— Tu rentres tôt, maman.

Mais le sourire d'Adrianne s'évanouit lorsqu'elle découvrit la silhouette de Larry Curtis.

— Alors, je t'ai manqué, ma poupée? fit-il en jetant son sac de voyage sur le divan.

Il avait pris une ligne de cocaïne dans les toilettes de l'aéroport et se sentait en pleine forme.

— Tu ne donnes pas un petit baiser à ton oncle Larry?

— Ma mère n'est pas là.

Elle arrêta de se balancer sur sa chaise. Le regard de Larry semblait lui rappeler son short court et ses seins nus sous le tee-shirt.

— Et elle t'a laissée toute seule ici?

Il ouvrit le buffet et se servit un grand verre de bourbon.

— Elle ne vous attendait pas.

— J'ai fini plus tôt que prévu...

Il renversa légèrement la tête pour avaler le liquide doré, examinant les jambes bronzées de la jeune fille par-dessus son verre. Il y avait des mois qu'il avait envie de glisser une main entre ces jolies cuisses.

— Félicite-moi, ma belle. Je viens de signer un contrat qui va me maintenir dans la course pendant au moins cinq ans.

— Félicitations, dit poliment Adrianne en rangeant ses affaires.

— Tu n'as rien trouvé de plus amusant à faire un samedi après-midi ? demanda-t-il en s'approchant.

Depuis qu'elle le connaissait, Larry avait peu changé. Ses cheveux blonds étaient coupés plus courts qu'autrefois, il avait renoncé aux manches mousquetaires pour des vestes sports. Mais Adrianne trouvait toujours en lui quelque chose de malsain, de graisseux.

— Tu es jolie comme ça, entourée de tous ces livres. Une vraie petite fille modèle.

Il termina son verre d'un trait.

— Tu es devenue un petit bout de femme sans que je m'en rende compte, hein ?

Ce corps ferme d'adolescente éveillait son désir.

— Tu sais qu'on pourrait faire une chouette équipe, tous les deux. Je t'apprendrais des tas de choses dont on ne parle pas dans tes bouquins.

— Vous couchez avec ma mère.

Un sourire éclatant fendit le visage de Larry. Il aimait la façon qu'elle avait d'appeler un chat un chat.

— Ça restera dans la famille...

— Vous me dégoûtez.

Elle s'écarta vivement, en prenant un livre comme bouclier.

– Quand je vais le dire à ma mère...

– Tu ne diras rien à ta vieille. Souviens-toi que c'est moi qui paie les factures ici!

La drogue et l'alcool l'enhardissaient.

– Vous travaillez pour ma mère, et pas le contraire.

– Te fais pas d'illusions. Sans moi, ta mère ne décrocherait pas même une publicité pour des sacs-poubelle. Elle est finie, lessivée, et tu le sais aussi bien que moi. C'est à moi que tu dois cette maison, ma petite. C'est moi qui lui trouve du boulot de temps à autre et qui cache à la presse qu'elle est une droguée doublée d'une alcoolique. Tu devrais me témoigner plus de gratitude.

Il bondit si vite qu'Adrianne ne put l'esquiver. Elle donna des coups de pied, se débattit en tous sens mais il réussit à la renverser sur la table.

– Tout à l'heure, tu vas me dire merci, dit-il avant de s'emparer de ses lèvres.

Adrianne aurait voulu vomir. Larry la couvrait de tout son corps. Abandonnant ses lèvres hermétiquement closes, il mordilla la pointe de ses seins à travers le tee-shirt. Adrianne ne savait plus ce qui la faisait le plus souffrir : la douleur ou la honte?

Sa gorge nouée laissa enfin échapper un cri. Elle continuait à se débattre frénétiquement mais les muscles noueux de Larry lui laissaient peu d'espoir de se libérer. Le verre de bourbon vola en éclats sur le sol.

Ce bruit transporta Adrianne à Jaquir, dans la chambre de sa mère. Terrifiée, elle vit le visage menaçant de son père penché au-dessus d'elle, sentit ses mains déchirer son tee-shirt puis glisser sous la ceinture de son short.

La résistance d'Adrianne ne faisait qu'exciter

davantage Larry. Il se délectait de ce fruit si doux, si ferme, si juteux entre ses mains. Survolté, il tira la jeune fille par terre et pressa fortement ses seins. Adrianne n'avait plus la force de lutter. Elle essaya encore de s'écarter en rampant mais il la ramena à lui d'une seule main.

Adrianne ne sentait plus rien. Son esprit et son corps s'étaient scindés en deux. Elle entendait des pleurs, mais comme s'ils venaient de quelqu'un d'autre. Tout son être était comme anesthésié par le choc.

Et puis soudain, Larry la lâcha. Adrianne entendit des cris, des bruits sourds. Mais cela ne la concernait plus. Couchée sur le côté, elle s'était recroquevillée sur elle-même.

— Espèce de salaud!

Alice tenait Larry par la gorge. Les yeux exorbités, les mâchoires serrées, elle était en train de l'étrangler. Surpris, Larry tituba en arrière. D'une brusque ruade, il parvint à se libérer. Il tâchait de reprendre son souffle quand Alice revint à la charge, labourant son visage de ses ongles fraîchement manucurés. Larry poussa un hurlement de douleur.

— Sale furie! C'est elle qui voulait! C'est une allumeuse!

Alice se battait comme une tigresse, la rage décuplant ses forces. Armée de ses ongles et de ses dents, elle déchirait les vêtements et la chair.

— Je vais te tuer! Je vais te tuer pour avoir osé poser tes sales pattes sur ma fille.

Elle le mordit profondément à l'épaule et sentit le goût du sang dans sa bouche. Jurant comme un beau diable, Larry parvint à lui décocher un crochet du droit.

— Garce!

Il était agité de sanglots, ahuri par ce déchaîne-ment de violence de la part d'une femme qu'il avait toujours jugée faible.

— Tu es jalouse parce que j'ai voulu goûter un peu de fraîcheur, lança-t-il.

Il sortit un mouchoir de sa poche pour essuyer le sang qui ruisselait sur son visage.

— J'y crois pas! Tu m'as cassé le nez!

Alice se releva. Elle saisit par le goulot la bou-teille de bourbon abandonnée par Larry, la brisa sur la tranche d'un meuble et brandit le tesson. Son visage était déformé par la colère.

— Sors d'ici! Sors avant que je t'étripe!

Il boitilla vers la porte, le mouchoir pressé sur son nez.

— Je m'en vais, dit-il. Mais c'est fini entre nous. Et je te garantis qu'il n'y aura pas un agent pour s'occuper de toi. Tu es finie, ma belle. Tu es déjà la risée de toute la ville. Inutile de m'appeler quand tu seras à court de pilule ou de fric...

Alice jeta le tesson de bouteille sur la porte qui venait de claquer. Elle avait envie de hurler. Mais il y avait Adrianne. Elle se précipita à ses côtés.

— C'est fini, ma chérie, n'aie pas peur, maman est là. Elle l'enveloppa de ses bras.

— Il est parti et il ne reviendra plus. Personne ne te fera de mal.

Son tee-shirt était déchiré. Mais elle avait tou-jours son short. Et il n'y avait pas de sang. Larry n'avait pas eu le temps de la violer.

Quand Adrianne se mit à pleurer, Alice ferma les yeux et berça son enfant.

— Pleure, ma fille, pleure tout ton saoul. Cela t'aidera...

9

— PRINCESSE Adrianne, je sais combien vous tenez à votre mère, mais j'aimerais que vous reconsidériez votre décision de la retirer de notre établissement...

Adrianne était désormais une vraie jeune femme, qui fêtait ce jour-là ses dix-huit ans. Elle avait ramené ses cheveux noirs en un chignon pour donner plus de maturité à son visage.

La princesse se trouvait dans le bureau du docteur Horace Schroeder, psychiatre de grande renommée et patron de la clinique Richardson. Une grande baie vitrée donnait sur un parc fleuri où se promenaient quelques malades, seuls ou au bras d'une infirmière.

— Docteur, est-ce que vous voulez dire que ma mère a fait une rechute?

— Non, ses progrès sont satisfaisants. Les médicaments et le traitement ont contribué à stabiliser son état. Mais vous savez comme moi que ce type de dépression implique des variations spectaculaires, une alternance imprévisible d'euphorie et de désespoir.

— Docteur, il y a maintenant deux ans que ma mère est ici et je vous suis infiniment reconnaissante de tout ce que vous avez fait pour sa santé. Mais aujourd'hui, je viens d'avoir dix-huit ans : au regard de la loi, je peux assumer la responsabilité de ma mère, et c'est ce que j'ai l'intention de faire.

— Vous assumez cette responsabilité depuis plus longtemps que cela...

— Alice est ma mère. Je l'aime comme personne au monde. Docteur, vous connaissez ce qu'elle a enduré mieux que quiconque. Que feriez-vous à ma place ?

— Vous êtes encore très jeune, princesse Adrianne. La vérité, c'est que votre mère pourrait avoir besoin de soins constants jusqu'à la fin de ses jours.

— J'ai engagé une infirmière spécialisée. J'ai organisé mon emploi du temps afin que ma mère ne soit jamais seule à la maison. Notre appartement est située dans un quartier très tranquille, à quelque distance seulement de celui de la meilleure amie de ma mère.

Le docteur Schroeder approuva d'un hochement de tête :

— L'amour et l'amitié joueront certainement un grand rôle dans l'équilibre de ma patiente.

— Elle en recevra plus qu'il n'en faut.

— Il faudra cependant qu'elle passe me voir une fois par semaine.

— C'est prévu.

Le docteur Schroeder jeta sur son bureau le crayon avec lequel il jouait depuis le début de leur entretien.

— C'est bon, dit-il en se levant. Je vais vous conduire dans sa chambre. Mais surtout, quoi qu'il arrive, n'hésitez pas à m'appeler.

Adrianne le suivit en silence dans les couloirs d'un blanc immaculé. Lorsque sa mère avait été amenée ici il y a deux ans, elle n'était qu'un corps inerte, les yeux ouverts mais fixes. Il avait fallu trois semaines pour qu'elle sorte de cet état de prostration.

Adrianne trouva sa mère assise devant la fenêtre de sa grande et belle chambre.

— Maman...

Alice tourna la tête. Son visage s'éclaira aussitôt et elle se leva pour prendre sa fille dans ses bras.

— Comment te sens-tu ?

— Bien, surtout maintenant que tu es là. Ma valise est prête. Docteur Schroeder, comment puis-je vous remercier ?

— En vous portant bien. Vous êtes une femme exceptionnelle, Alice Spring. Et vous avez une fille qui ne l'est pas moins. Nous nous reverrons la semaine prochaine.

— La semaine prochaine ? répéta Alice en se raidissant.

— Tu viendras pour une séance de thérapie une fois par semaine, s'empressa d'expliquer Adrianne. Je t'accompagnerai moi-même en voiture et je te ramènerai ensuite.

Alice parut rassurée. Elle salua une dernière fois le docteur Schroeder, Adrianne prit sa petite valise et toutes deux descendirent sur le perron. La limousine de Céleste les attendait devant l'entrée. Le chauffeur se chargea de la valise et fit monter les deux femmes à l'arrière de la voiture qui prit bientôt la direction de New York. L'air serein, Alice regardait la campagne défiler par la vitre.

— Quelle belle journée ! C'est le printemps, les

arbres sont couverts de bourgeons. Je me sens tellement mieux. A vrai dire, je ne me suis jamais sentie aussi bien de ma vie. Il me tarde de reprendre le travail devant les caméras.

— Maman...

— Non, non, surtout ne me dis pas que je dois me reposer. Je me suis bien suffisamment reposée à mon goût. La seule chose dont j'aie besoin, c'est d'un bon scénario. Dès qu'on apprendra que je suis disponible, les offres vont affluer. Ne t'inquiète pas.

Adrianne ne se sentit pas la force de briser si vite les illusions de sa mère. Celle-ci semblait incapable d'arrêter le flot de ses projets : dîners en compagnie de producteurs, voyages aux quatre coins du monde avec sa fille...

Une heure plus tard environ, les deux femmes entraient dans leur appartement new-yorkais.

— Quand je pense que tu as habité seule ici pendant que... pendant mon absence.

— Je n'étais pas si seule. Céleste venait souvent me voir. Il lui arrivait même de dormir ici. Elle a pris très au sérieux son rôle de mère adoptive.

— Ma chérie, tu crois peut-être que j'ai oublié. Mais je me souviens que tu as dix-huit ans aujourd'hui. Malheureusement, je n'ai pas pu t'acheter de cadeau...

— Je l'ai fait pour toi, dit Adrianne en souriant malicieusement. Viens voir.

Elle entraîna sa mère dans le salon. Au-dessus de la petite cheminée se trouvait un grand portrait de l'actrice à l'époque de son mariage. A son cou scintillaient le Soleil et la Lune.

— Je l'ai fait exécuter par un peintre réputé d'après d'anciennes photos. Il te plaît?

– Beaucoup. J'ai l'impression de sentir le poids de ce collier autour de mon cou. Il était magique, tu sais...

– Il t'appartient toujours, fit remarquer Adrianne. Un jour, tu le récupèreras.

– Un jour, sourit tristement Alice en regardant sa fille. Je vais faire de mon mieux, cette fois-ci, Adrianne. Plus de pilules, plus d'alcool, plus de regrets inutiles.

– Voilà ce que je voulais entendre.

Le téléphone sonna.

– Allô? Oui. Faites-la monter, s'il vous plaît.

Adrianne reposa le combiné.

– C'est l'infirmière. Je t'ai expliqué que le docteur Schroeder a insisté... au moins temporairement.

– Oui, soupira Alice en se laissant tomber sur un fauteuil.

– Maman, ne fais pas cette tête.

– J'espère au moins qu'elle ne portera pas de blouse blanche. Et qu'elle ne m'observera pas durant mon sommeil. Parce que sinon, j'aurais aussi bien fait de rester à la clinique Richardson.

– Maman, cette infirmière est très bien, je suis sûre que tu vas t'entendre avec elle. Et n'oublie pas : c'est un pas en avant, pas une reculade. Alors, fais-moi plaisir, tiens bon.

– Je vais essayer.

Alice fit de son mieux, en effet. Pendant les deux années qui suivirent, elle lutta contre une maladie qui semblait plus forte que sa volonté. Comme il était facile de se réfugier dans un monde de rêve ou de vains espoirs! Alice s'imaginait alors entre deux films, ou en train d'étudier un nouveau script. Puis elle sombrait dans un abattement complet pendant plusieurs jours. Chaque fois, les retours à la réalité étaient de plus en plus pénibles.

— Joyeux Noël! s'écria Céleste en entrant dans l'appartement de ses amies les bras chargés de cadeaux.

Adrianne se leva d'un bond pour la débarrasser de son encombrant chargement.

— C'est gentil à toi d'être venue ce soir, dit Alice, assise sur le divan. Tu devais avoir des montagnes d'invitations pour ce soir.

— Toutes plus ennuyeuses les unes que les autres... Vous savez bien que c'est avec vous deux que je passe mes meilleurs réveillons de Noël.

— Je vais chercher les petits gâteaux à la cuisine, annonça Adrianne.

Céleste vint s'asseoir auprès de son amie.

— J'aurais voulu qu'Adrianne passe la soirée avec des gens de son âge, dit Alice.

— Allons, Noël a toujours été une fête familiale...

— C'est vrai. Mais elle est si occupée en ce moment. L'organisation de ces galas de charité l'occupe à plein temps désormais. Puis elle passe des heures devant son ordinateur. Je ne sais pas ce qu'elle fait, mais ça a l'air de l'amuser.

— Nous devrions lui trouver un homme.

Alice applaudit à cette idée.

— Ce serait formidable. Nous serions bientôt grands-mères!

— Parle pour toi, rétorqua Céleste en riant. Je suis bien trop jeune pour devenir jamais grand-mère.

Adrianne revint de la cuisine avec un plateau chargé de biscuits tout juste sortis du four.

— Je remercie le ciel de m'offrir un nouveau Noël avec les deux personnes que j'aime le plus au monde, dit-elle en faisant le service.

— En souhaitant qu'il y en ait des dizaines d'autres, renchérit Céleste.

Alice eut un sourire forcé. Comment aurait-elle pu se réjouir à l'idée de passer de nombreux Noëls semblable à celui-ci alors que la moindre journée était à ses yeux une interminable torture? Mais Adrianne ne devait pas soupçonner ce désespoir qui la rongeait. Personne ne devait savoir. Et pourtant, elle se sentait sans cesse épiée, et chacun semblait attendre le moment où elle commettrait un faux pas. Si seulement elle pouvait boire un verre d'alcool pour faire cesser ce bourdonnement incessant dans sa tête...

— Alice?

— Quoi? fit celle-ci en sursautant.

— Je te demandais ce que tu pensais de l'idée d'Adrianne pour son gala du Nouvel An. C'est formidable, non, de voir qu'elle commence à établir sa réputation comme organisatrice?

— Oui, répondit Alice d'une voix absente.

— Je suis sûr que le prochain gala sera un triomphe, continua Céleste en échangeant un regard inquiet avec Adrianne.

— J'y compte bien, fit celle-ci en venant prendre la main de sa mère. Nous espérons rassembler environ deux cent mille dollars au profit des sans-abri. Je me demandais seulement si un dîner au champagne et caviar était très approprié pour l'occasion...

— Tout ce qui permet de rassembler une somme d'argent pour une cause juste me semble approprié, répondit Céleste.

– C'est aussi mon avis. Quand le but est important, il justifie les moyens.

– Je suis fatiguée, annonça soudain Alice qui ne supportait plus les regards curieux, les attentes secrètes. Je crois que je vais aller me coucher.

– Je t'accompagne.

– Ne dis pas de bêtise. Reste avec Céleste et amusez-vous. Demain, nous nous lèverons aux aurores et nous ouvrirons les cadeaux comme quand tu étais petite fille.

– D'accord. Je t'aime, maman.

– Je t'aime, moi aussi. Joyeux Noël à toutes les deux.

– Joyeux Noël, Alice, dit Céleste en l'embrassant sur les deux joues. Fais de beaux rêves.

Alice monta lentement l'escalier et disparut dans sa chambre.

– Encore un biscuit, Céleste?

– Allons, mon enfant, tu n'es pas obligée de garder le masque devant moi... dit Céleste d'une voix douce.

Adrianne se décomposa en quelques secondes. Ses lèvres se mirent à trembler, ses yeux se troublèrent, ses genoux plièrent. Elle tomba en larmes au côté de Céleste qui passa un bras réconfortant sur ses épaules.

– Tu as envie de te confier à une amie? Ces derniers temps, j'ai été très occupée par ma dernière pièce, mais je suis là maintenant.

– C'est trop dur de la voir ainsi... Je connais les signes. Elle est en train de craquer à nouveau. Pourtant, elle fait des efforts. Depuis des semaines, elle lutte contre la dépression, et elle perd du terrain chaque jour.

— Elle voit toujours le docteur Schroeder?

— Il veut l'hospitaliser à nouveau. Il a accepté d'attendre après les fêtes. Je vais la reconduire à la clinique après-demain.

— Je suis désolée, Adrianne...

— Elle a recommencé à parler d'Abdoul. L'infirmière m'a dit qu'elle lui avait demandé quand il reviendrait. Elle voulait aller chez le coiffeur pour se faire belle. Toutes ces souffrances, c'est à cause de lui. Un jour, je lui ferai payer.

La haine qui brilla dans le regard d'Adrianne fit frémir Céleste.

— Je sais ce que tu ressens, dit-elle. J'aime Alice autant que toi. Mais je t'en prie, oublie Abdoul et tes désirs de vengeance. Cela ne peut que te faire du mal. Et surtout, cela n'aide en aucune manière ta mère.

— La fin justifie les moyens.

— Je n'aime pas t'entendre parler ainsi. Abdoul est sans doute responsable en grande partie des problèmes d'Alice mais ces dernières années, il a témoigné une volonté de se racheter en payant les frais d'hospitalisation de ta mère et en veillant à ce qu'elle soit à l'abri du besoin.

Adrianne se tourna vers le portrait de sa mère au-dessus de la cheminée. Il était trop tôt pour révéler à Céleste que cette histoire était une invention de sa part. Abdoul n'avait jamais versé un centime en faveur de son ex-épouse. Un jour, Adrianne expliquerait à Céleste d'où provenait l'argent.

— J'ai promis à ma mère qu'un jour elle récupèrerait son collier. Quand j'aurai le Soleil et la Lune, quand Abdoul saura à quel point je le hais, alors seulement je pourrai passer l'éponge...

10

LES gants noirs glissaient l'un après l'autre le long du filin. Cinquante étages plus bas, les rues de New York étaient luisantes de pluie.

Le système de sécurité de l'appartement était efficace, mais pas inviolable. Aucun ne l'était. Rien n'avait été laissé au hasard : comme toujours, le travail de préparation avait été effectué sur ordinateur. L'alarme avait été déconnectée.

Semblable à un insecte, la silhouette vêtue de noire progressait régulièrement le long de la façade. La terrasse n'était plus qu'à quelques mètres.

Bientôt, les semelles de caoutchouc prirent appui sur la balustrade. Le voleur était dans la place, ou presque. En contrebas, Central Park dormait encore.

La silhouette noire s'agenouilla devant les portes-fenêtres. D'une sacoche de cuir, elle sortit un trousseau de clés. Il lui fallut moins de deux minutes pour désenclencher le verrou.

Le faisceau de sa torche éclaira alors l'intérieur de l'appartement. Le voleur connaissait par cœur la disposition des pièces. Quatre pas tout droit, puis la porte sur la gauche. Sept pas, puis un virage à droite. La bibliothèque...

Le coffre se trouvait derrière les œuvres complètes de Shakespeare. Le voleur avait le doigt sur le volume d'Othello lorsque la pièce se trouva soudain inondée de lumière.

— Vous êtes fait comme un rat! déclama une voix.

Le voleur avait fait volte-face. Une femme blonde se tenait à la porte, vêtue d'une chemise de nuit rose. Elle avait quarante-cinq ans environ, cinquante tout au plus. Elle n'était pas armée, à l'exception d'une banane qu'elle tenait à la main comme un revolver.

— Céleste, que fais-tu debout à cette heure? dit le voleur d'une voix qui trahissait la rage et la déception.

— Je mange, dit-elle en épluchant sa banane. Et toi, Adrianne, que fais-tu dans ma bibliothèque.

— Je m'entraîne.

La jeune femme ôta ses gants et son masque noirs, défit son chignon, puis se laissa tomber dans un fauteuil de cuir.

— Je touchais au but. J'allais piller ton coffre.

— Heureusement que j'ai eu un petit creux. Ma chérie, tu vas dire que je fais la difficile, mais est-ce que ce n'est pas un jeu d'enfant de cambrioler un appartement dont on possède la clé?

— Je ne m'en suis pas servie. Je suis passée par les toits.

— Tu as fait quoi? Tu es folle?

Mais Céleste savait que toutes ses remontrances seraient inutiles.

— J'étais à deux doigts de réussir, continuait

110

d'ailleurs Adrianne. Tu ne peux pas savoir l'effet que ça fait, d'être suspendue au-dessus de la ville. Tout paraît si calme.

— Mais si dangereux...

— Céleste, tu sais bien que je fais attention. Tu ne veux pas savoir pourquoi ton alarme n'a pas sonné?

— Je préfèrerais ne pas savoir...

— Je l'ai débranchée cet après-midi après le déjeuner.

— Merci de m'avoir laissée sans défense.

Adrianne se leva et se mit à arpenter la pièce. C'était une jeune femme svelte, aux gestes de danseuse, à la longue chevelure noire.

— J'ai profité que le gardien en bas avait le dos tourné pendant quelques secondes pour me glisser dans l'immeuble. Je suis montée par l'escalier jusqu'au cinquième étage puis j'ai pris l'ascenseur jusqu'au toit. J'avais une corde dans mon sac et je me suis laissée couler le long de la façade.

— Il y a cinquante étages, Adrianne. Et si tu étais tombée?

— Je ne suis pas tombée. Un peu plus et je repartais avec mon butin.

— Désolée de t'avoir interrompue dans ton travail.

— Ce n'est rien. Mais j'aurais bien voulu voir ta tête demain quand je serais venue avec ton collier de rubis autour du cou. Tant pis, je me contenterai de ceci...

Adrianne ouvrit une bourse de velours noir et versa sur la table une grosse poignée de bijoux.

— Oh mon Dieu! s'exclama Céleste.

— Ils sont beaux, non?

Adrianne souleva un collier de diamants qui brillait de mille feux.

— Il doit y avoir soixante carats en tout, jugea-t-elle. Toutes les pierres sont parfaitement taillées. Voilà du bel ouvrage.

Céleste se dit qu'elle devrait être habituée depuis le temps. Pourtant, elle éprouva le besoin d'aller se servir un doigt de cognac.

— A qui appartenait ce collier ? demanda-t-elle de la voix la plus détachée du monde.

— Dorothea Barnsworth. Et j'ai les boucles d'oreilles assorties.

— Dorothea... Je me disais bien que ces bijoux ne m'étaient pas inconnus. Mais elle habite dans une véritable forteresse à Long Island.

— Son système de sécurité a de grosses faiblesses, répondit Adrianne en acceptant à son tour un soupçon de cognac. A vue de nez, mon receleur devrait m'en donner deux cent mille dollars.

— Mais Dorothea a des dobermans. Cinq, je crois...

— Trois, corrigea Adrianne. Ils devraient se réveiller à l'heure qu'il est. Céleste, je meurs de faim. Tu as autre chose qu'une banane à m'offrir ?

— Il faut qu'on parle d'abord.

— Tu parleras, et moi je mangerai.

Céleste poussa un soupir découragé lorsqu'Adrianne quitta la bibliothèque pour la cuisine.

— Cette équipée nocturne m'a creusé l'appétit.

Tandis que Céleste prenait place sur un des tabourets devant le comptoir, Adrianne explorait déjà le réfrigérateur.

112

— Du pâté, du jambon et du fromage. Céleste, je t'adore.

— Moi aussi, ma chérie. Mais je vieillis, tu devrais ménager un peu mon cœur.

— Ne t'inquiète pas à mon sujet, Céleste. Je suis une véritable professionnelle.

— Je sais.

Mais qui d'autre aurait pu s'en douter? songea Céleste en examinant la jeune femme assise en face d'elle. La princesse Adrianne de Jaquir, fille du roi Abdoul ibn Faisal Rahman al-Jaquir et de l'actrice Alice Spring, était à vingt-cinq ans une organisatrice de galas de charité, la chouchou de la presse mondaine... et une voleuse de diamants.

La jolie petite fille était devenue une femme superbe. Elle avait la peau mat, les yeux en amande et les cheveux noirs de son père, mais les traits délicats de sa mère s'accordaient à merveille avec sa silhouette gracile.

De sa mère, Adrianne avait hérité la générosité; de son père, le goût du pouvoir et la soif de vengeance.

— Adrianne, tu n'as plus aucune raison de continuer à mener cette double vie. Alice est morte. Rien ne pourra la ramener à la vie.

Le visage d'Adrianne se durcit.

— Je sais tout cela, Céleste.

— Alice était ma meilleure amie, comme tu l'es aujourd'hui. Je sais ce que tu as enduré avec elle, pour elle, et je n'ai pas oublié tous tes efforts pour la guérir. Mais tu n'as plus besoin de prendre de tels risques à présent. Tu n'aurais même jamais dû les prendre...

— Oui, tu étais disposée à te charger de tous les

frais : les médecins, les médicaments, l'hospitalisation... Surtout, tu lui as apporté ton amour. Sans toi, elle ne se serait pas accrochée aussi longtemps. Mais ce que j'ai fait hier, ce que je fais aujourd'hui, c'est pour elle.

— Adrianne, il y a maintenant seize ans que tu as quitté Jaquir, et cinq ans que ta mère est morte.

— Et chaque jour, la dette augmente. Céleste, ne fait pas cette tête d'enterrement. Que ferais-je sans ce... ce hobby ? Je serais telle que la presse me décrit : une jeune princesse fortunée et futile qui partage son temps entre les réceptions mondaines et les galas de charité.

Adrianne fit la grimace.

— A en croire les journaux, je suis une jeune frivole qui ne sait pas comment dépenser son argent. Je tiens à ce que les gens gardent cette image de moi. Je veux qu'Abdoul garde cette image de moi. Cela me permet de les délester plus facilement de leurs breloques...

— Mais encore une fois, Adrianne, tu n'as plus besoin de cet argent.

— Non. J'ai bien investi celui que j'ai gagné et je pourrais vivre confortablement à me tourner les pouces. Mais l'argent ne m'a jamais intéressée, Céleste. J'avais seulement huit ans quand nous avons atterri à New York. Pourtant, je savais déjà que je retournerais à Jaquir pour réclamer ce qui était dû à ma mère. Ce qui me revenait, à moi.

— Abdoul a sans doute eu des remords depuis.

— Est-ce qu'il est venu à l'enterrement ? A-t-il seulement envoyé ses condoléances ? Pendant toutes ces années, il a fait comme si elle n'existait plus. Et dans un certain sens, c'était vrai. C'est lui qui l'a tuée, Céleste. Un jour prochain, il paiera pour son crime.

Céleste sentit un frisson glacé la parcourir.

– Tu es sûre que c'est ce que voudrait Alice?

– Je crois qu'elle aimerait que je tienne ma promesse et que je reprenne le Soleil et la Lune. Abdoul paiera cher pour les récupérer. En attendant, il ne faut pas que je me rouille. Tu sais que Lady Fume donne une grande réception le mois prochain à Londres?

– Adrianne...

– Lord Fume, cette vieille baderne, a déboursé un quart de million de dollars pour les émeraudes de sa femme. Et je trouve qu'elles vont très mal à son teint de peau...

Adrianne éclata de rire et embrassa son amie.

– Retourne dormir. Je connais le chemin de la sortie.

– Par la porte ou par les toits?

Adrianne avait toujours adoré se déguiser. Sa mère lui avait appris les secrets du maquillage et Céleste, formée à l'école du théâtre, avait perfectionné son éducation. Il fallait trois quarts d'heure environ à Adrianne pour se transformer en Rose, l'amie et l'assistante du célèbre voleur que les journaux avaient surnommé l'Ombre.

Elle mettait des lentilles de contact grises, un fond de teint éclaircissait son visage, une perruque rousse la rendait méconnaissable. Une paire de boucles d'oreilles voyantes, un chewing-gum dans la bouche, des chaussures à talons, et le tour était joué. Adrianne devenait Rose, la parfaite intermédiaire entre l'Ombre et son receleur.

Ainsi déguisée, les bijoux de Dorothea Barnsworth dans la poche, Rose-Adrianne prit l'escalier de service puis ignora les taxis pour s'engouffrer dans la bouche de métro. Direction, la 46e Rue...

Trois heures plus tard, elle était de retour dans son appartement. Marché conclu. Elle jeta sa perruque rousse sur son lit et décrocha le combiné du téléphone.

— Kendal et Kendal, demanda-t-elle. Bonjour, je voudrais parler à George. De la part de la princesse Adrianne.

— Tout de suite, Votre Majesté.

Adrianne enleva avec soulagement ces talons-aiguilles que lui meurtrissaient les chevilles.

— Adrianne, quelle joie de vous entendre!

— Bonjour, George. Je sais que vous êtes très occupé, je ne vous retiendrai qu'une minute.

— Je suis à votre disposition.

Adrianne sortit de son sac une belle liasse de billets de cent dollars.

— George, j'aimerais faire une petite contribution à Femmes en Détresse.

— Le foyer des femmes sans-abri?

— C'est cela. Le don sera anonyme, bien sûr. Je vais transférer cent soixante quinze mille dollars sur mon compte spécial aujourd'hui même.

— Entendu. C'est très généreux de votre part.

Adrianne avait connu plus d'une femme dans la détresse.

— C'est le moins que je puisse faire, dit-elle.

11

PHILIP avait toujours aimé se promener dans le zoo de Londres. Peut-être parce que toutes ces cages et ces barreaux lui rappelaient qu'il avait sans doute changé de carrière à temps pour échapper à la prison.

De temps en temps, il songeait à écrire un roman policier inspiré de ses exploits. Mais son actuel employeur ne verrait sans doute pas d'un bon œil une telle initiative. Il garderait cette idée en réserve pour sa retraite, lorsqu'il élèverait des lévriers et chasserait le faisan dans l'Oxfordshire. Il s'imaginait bien en gentleman farmer. Mais pas avant une vingtaine d'années...

Il s'assit sur un banc et suivit les passants d'un œil distrait en mangeant des cacahuètes. Il n'eut pas longtemps à attendre. Bientôt, en effet, un homme chauve et rondouillard vint prendre place à côté de lui.

— On aurait pu se retrouver au chaud dans un pub, non?

— Ici, on est en plein air, répondit Philip en présentant ses cacahuètes au nouvel arrivant. Je vous trouve l'air plutôt pâlichon, capitaine.

Le capitaine Stuart Spencer grommela un juron

mais accepta les cacahuètes. La vérité, c'est qu'il était content de délaisser un moment la paperasserie entassée sur son bureau. Il y avait des jours où le travail sur le terrain lui manquait. Surtout, il éprouvait une indiscutable sympathie pour Philip Chamberlain : traquer un voleur pendant dix ans finit par créer des liens et une estime réciproque.

En dépit du temps plutôt doux pour un mois d'octobre, Spencer était emmitouflé dans son manteau.

— Vous ne m'ôterez pas de l'idée que c'est un drôle d'endroit pour un rendez-vous, maugréa-t-il encore.

— Prenez une autre cacahuète. Ou regardez autour de vous et pensez à tous les criminels que vous avez mis derrière des barreaux.

— Nous avons plus important à faire. Il y a eu un autre cambriolage la semaine dernière.

— Toujours notre ami?

— Tout le laisse à penser. Cela s'est passé à New York, dans une résidence de Long Island. Chez les Barnsworth. Des gens richissimes. Patron d'une chaîne de grands magasins.

— Qu'est-ce qu'on a volé?

— Des diamants.

— Ce que j'ai toujours préféré.

— Un collier et des boucles d'oreilles assurés pour un demi-million.

— Joli coup, dit Philip en croisant les jambes.

— Une sale affaire, oui. Si je n'étais pas sûr de votre emploi du temps la semaine dernière, j'aurais quelques questions à vous poser...

– Vous me flattez, capitaine. Après toutes ces années...

Spencer sortit une pipe, l'alluma et en tira de petites bouffées.

– Ce type est habile. Il n'a pas laissé un seul indice. Les chiens, des dobermans, ont été endormis. Le système de sécurité était du haut de gamme mais cela ne l'a pas arrêté. Il n'a pris que les diamants, laissant les actions et un collier de rubis particulièrement laid.

– Il est prudent et il a du goût.

Depuis six mois, Philip avait développé une admiration personnelle pour ce voleur hors norme. Il lui semblait qu'ils avaient beaucoup de choses en commun.

– Depuis quand Interpol est à ses trousses?

– Presque dix ans. Il n'y a aucune logique dans ses actions. Cinq cambriolages en un mois, puis rien pendant six mois. Mais une erreur, une seule, et on le coincera.

– C'est ce que vous disiez à mon sujet, non?

Spencer souffla la fumée de sa pipe en direction de Philip.

– Vous auriez commis une erreur tôt ou tard, vous le savez comme moi.

– Peut-être. Alors vous pensez qu'il est toujours aux Etats-Unis?

– Non. Je crois qu'il va se tenir à distance de New York jusqu'à ce que la pression soit retombée. De toute façon, nous avons déjà un homme à nous là-bas.

– Alors qu'attendez-vous de moi?

– Il semble que l'Ombre préfère s'en prendre aux gens très riches, et qu'il ne dédaigne pas les bijoux connus. Nous essayons de surveiller discrètement les grandes réceptions mondaines en Europe. Il nous serait utile d'avoir un agent dans la place.

Philip sourit et fit mine de contempler ses ongles.

– Lady Fume organise un gala de charité, poursuivit Spencer.

– Oui, je suis invité.

– Vous avez accepté?

– Pas encore. Je ne sais pas si je serais à Londres.

– Vous y serez, ordonna Spencer. L'endroit va fourmiller de bijoux. Nous aimerions que vous suiviez cela d'un bon œil. Mais sans toucher, bien sûr.

– Capitaine, vous savez que vous pouvez me faire confiance, répondit Philip avec son sourire le plus ravageur, celui qui faisait se pâmer toutes les femmes. Au fait, comment se porte votre chère fille?

– Très bien, tant que vous resterez à bonne distance d'elle.

– Simple question de politesse, capitaine. Vous allez m'envoyer un rapport complet sur ce dernier cambriolage?

– Vous l'aurez demain.

– Le plus drôle, c'est que je commence à ressentir ce que vous avez dû ressentir il y a quelques années. Ce type me démange... Je me demande où il vit, ce qu'il fait, ce qu'il mange et même comment il fait l'amour. J'ai été dans ses chaussures autrefois et pourtant... Je suis impatient de le rencontrer.

Philip se leva, bientôt imité par Spencer.

– Faites attention quand même, Philip. L'Ombre pourrait être dangereuse...

Adrianne descendit au Ritz de Londres plusieurs jours avant le gala de Lady Fume. Elle choisissait toujours cet hôtel pour des raisons sentimentales : c'était celui où sa mère avait passé des jours heureux.

Le personnel la connaissait bien, et comme ses pourboires étaient généreux, ils étaient heureux de la revoir. Elle disait être à Londres pour se reposer et faire quelques emplettes.

Dès qu'elle fut seule dans sa chambre, Adrianne déplia sur la table les plans qu'elle avait réussi à se procurer pour une coquette somme. Elle regrettait que les Fume aient choisi leur hôtel particulier de Grosvenor Park pour leur réception et non leur résidence dans le Kent, qu'Adrianne connaissait bien. Elle devrait se fier à ces plans et aux rapides repérages qu'elle pourrait effectuer le soir du gala.

Ces snobs de Fume allaient pouvoir contribuer indirectement aux secours dispensés aux veuves et aux orphelins dans plusieurs villes du monde...

L'amusant dans cette affaire, c'est que les Fume étaient si radins qu'ils avaient limité au maximum les dépenses de sécurité. Leur système d'alarme était relativement primitif. Adrianne songea qu'un amateur aurait pu pénétrer chez eux sans coup férir. Et elle se considérait comme une professionnelle...

La première chose à faire, c'était d'inspecter les alentours de la maison. Adrianne sortit du Ritz, gara sa voiture de location sur Bond Street et continua à pied. Un vent froid et humide balayait les feuilles mortes sur les trottoirs déserts. Elle longea la grille du parc des Fume, calculant qu'il ne lui faudrait pas plus de deux minutes pour le traverser et pour escalader le balcon. Pas de chien à l'horizon, ni de voisins gêneurs... Mais soudain, Adrianne aperçut à quelque distance un homme qui semblait l'observer.

C'était l'instinct du voleur qui avait attiré Philip jusqu'ici. Il y avait finalement peu de chances que l'hôtel particulier des Fume soit la prochaine cible de l'Ombre. Mais si Philip avait lui-même projeté un cambriolage, il serait certainement venu errer dans le voisinage pour se familiariser avec les lieux. Peut-être aussi qu'il regrettait la tension précédant un cambriolage et que, pour tout dire, il enviait l'Ombre.

C'est alors qu'il avait aperçu cette femme. Elle était plutôt petite, toute vêtue de noir. Sa démarche indiquait qu'elle était jeune. Ce qui l'intrigua, c'est qu'elle avait les yeux fixés sur les fenêtres des Fume.

Lorsqu'elle le vit, elle eut une brève hésitation. Il ne bougea pas, les mains dans les poches de son blouson, curieux de suivre sa réaction. Elle continua à marcher dans sa direction, sans accélérer ni ralentir le pas. En arrivant à sa hauteur, elle releva le visage.

Ses traits lui parurent « exotiques » et pourtant vaguement familiers. En tout cas, elle n'était pas anglaise.

— Bonsoir, lança-t-il dans l'espoir d'entendre sa voix en écho.

Ses yeux en forme d'amande étaient aussi noirs que sa cape. Elle ne répondit pas, se contentant d'un léger hochement de tête avant de continuer son chemin.

Adrianne aurait voulu se retourner. Cet homme avait dix mille raisons de se trouver là à cette heure de la nuit. Alors pourquoi avait-elle un mauvais pressentiment? Ses yeux étaient plus gris et secrets que le brouillard londonien. Pourquoi cette rencontre banale l'avait-elle autant troublée?

Adrianne se réveilla en sursaut. De temps à autre, la scène terrible qui avait marqué son cinquième anniversaire revenait hanter ses nuits.

Elle se leva, attrapa sa robe de chambre et alla jusqu'à la salle de bains. Là, elle s'aspergea le visage d'eau froide. Tant que ses mains continuaient à trembler, elle resta appuyée contre le lavabo.

Puis elle releva la tête pour se regarder dans la glace. Elle était pâle, mais toute trace d'angoisse avait disparu de ses yeux.

Le moment tant attendu approchait, songea-t-elle. La date était fixée, même si sa seule véritable amie, Céleste, n'en savait rien.

La princesse de Jaquir retournerait bientôt dans son pays pour se venger de l'homme qui avait humilié sa mère. Elle reprendrait ce qui lui appartenait. Oui, bientôt, le Soleil et la Lune seraient en sa possession...

12

– Bonsoir, ma chère, dit Adrianne en embrassant rapidement Helen Fume. Désolée d'être en retard.

– Ne vous excusez pas, répondit l'hôtesse qui portait une robe de satin verte censée mettre en valeur ses émeraudes et sa nouvelle ligne acquise au prix d'une cure d'amaigrissement en Suisse. Mais j'ai une dent envers vous.

– Ah oui? fit Adrianne en abandonnant sa cape à un domestique en livrée.

– J'ai appris que vous étiez à Londres depuis déjà plusieurs jours et vous n'avez pas pris la peine de m'appeler.

– Je suis ici incognito, sourit Adrianne. Et j'étais d'humeur massacrante.

– Oh, une dispute avec Bertrand?

– Bertrand? Vous retardez, ma chère. Je suis une femme libre.

– Alors j'ai ce qu'il vous faut. Tony Fitzwalter vient de quitter sa femme.

– Epargnez-moi! Il n'y a rien de pire qu'un homme qui vient de briser les chaînes du mariage.

La salle de bal était déjà envahie de smokings et

de robes chamarrées. Les couples évoluaient sur les parquets cirés, sous les lustres de cristal. L'œil d'Adrianne brilla devant cette concentration rutilante de bijoux. Il devait y en avoir pour des millions de dollars... Elle n'allait en préserver qu'un infime pourcentage.

La plupart des visages ne lui était pas inconnue. C'était d'ailleurs le problème de ces réceptions : toujours les mêmes têtes, le même ennui. Elle aperçut ainsi un duc qu'elle avait autrefois soulagé d'une bague de diamant et de rubis. Il y avait là aussi Madeline Moreau, l'ex-femme d'un acteur français qu'elle espérait dévaliser le printemps prochain. Adrianne eut un sourire pour chacun et accepta la flûte de champagne que lui offrait un domestique.

— Quelle brillante soirée, ma chère Helen!

— Cela représente tant de travail pour seulement quelques heures de plaisir. Mais j'aime tellement voir les gens s'amuser...

— Vous êtes resplendissante. Quel est votre secret?

— Un petit voyage en Suisse, souffla Lady Fume sur le ton de la confidence. Je vous donnerai l'adresse si vous en avez besoin. Ils vous affament jusqu'à ce que vous remerciez le ciel pour les trois feuilles de salade et les quelques framboises qu'ils vous jettent. Puis ils vous massent pendant des heures dans des bains romains. Une véritable expérience, ma chère. Inoubliable. Plutôt mourir que d'y retourner.

Adrianne éclata de rire. La conversation de Lady Fume pouvait se révéler des plus distrayantes. Quel dommage qu'elle et son mari ne s'intéressent qu'à leur compte en banque!

– Vous connaissez tout le monde, Adrianne. Je vous laisse vous débrouiller pendant que je vais jouer les maîtresses de maison.

– Bien sûr.

Philip avait reconnue dès le premier coup d'œil la mystérieuse apparition de la veille. Elle portait une tunique noire fendue sur le côté qui laissait entrevoir des jambes superbes. Deux questions au moins tracassaient Philip. Que faisait cette jeune élégante à marcher seule la nuit dans ce quartier ? Deuxièmement, où avait-il déjà vu ce visage ?

Cette dernière question était certainement la plus facile à résoudre. Il s'adressa à une vague connaissance, un gentleman à monocle.

– La jeune femme en noir là-bas. Qui est-ce ?

– C'est la princese Adrianne de Jaquir. Belle à mourir, n'est-ce pas ? Méfiez-vous, tous les cœurs s'y sont brisés...

Philip se souvenait à présent. Dans les magazines que sa mère lisait religieusement, il y avait presque toujours un article sur cette princesse, fille d'un tyran du golfe Persique et d'une actrice de cinéma. N'avait-on pas murmuré que sa mère s'était suicidée ? En tout cas, il y avait eu un scandale dont Philip ne se rappelait pas exactement les tenants et les aboutissants. Que pouvait faire la princesse de Jaquir hier soir aux abords de l'hôtel particulier des Fume ?

Philip la suivit des yeux un moment, de plus en plus convaincu qu'elle n'était pas une invitée comme les autres, mais une sorte d'observatrice. Intrigué, il alla à sa rencontre.

– Re-bonsoir, dit-il.

126

Adrianne se tourna vers l'homme qui l'abordait ainsi. Elle le reconnut aussitôt. Ses yeux gris n'étaient pas de ceux qu'on oublie facilement. En une fraction de seconde, Adrianne décida qu'il était inutile de feindre.

— Bonsoir, dit-elle en finissant sa coupe de champagne et en la lui tendant négligemment. Vous vous promenez souvent la nuit?

— Pas assez souvent et je le regrette car je vous aurais peut-être rencontrée plus tôt...

Il fit signe à un serveur et préleva deux coupes de champagne sur son plateau.

— Vous sortiez de chez Lady Fume? demanda-t-il.

Elle faillit saisir cette perche tendue mais n'en fit rien. Il pouvait facilement vérifier ses dires.

— Non, je faisais juste une promenade nocturne.

— Toute vêtue de noire, dans ce décor de brume et de feuilles mortes, vous formiez une image saisissante. Romantique à souhait et pleine de mystère.

Il la regardait fixement, comme pour signifier qu'il était capable de percer un à un tous ses secrets.

— Désolée de vous décevoir, mais le décalage horaire n'a rien de très romantique. Après un long vol, j'ai souvent du mal à m'endormir la première nuit.

— Vous veniez d'où?

— New York, répondit-elle après une légère hésitation.

— Et vous restez longtemps à Londres?

Adrianne essayait de se convaincre qu'il s'agissait là d'une conversation parfaitement anodine.

– Quelques jours.

– Parfait. Alors nous pouvons commencer par une danse et dîner ensemble demain soir.

Lorsqu'il la débarrassa de son verre pour prendre sa main, Adrianne ne protesta pas. Elle avait l'habitude des hommes. Avec un sourire neutre, elle rejeta ses cheveux en arrière.

– On peut toujours danser, dit-elle.

Il s'approchèrent de l'orchestre. Le contact de sa paume contre la sienne la surprit. Elle était trop rugueuse pour être celle d'un simple mondain. Un visage aristocratique, des manières de gentleman et des mains calleuses...Une combinaison des plus dangereuses, songea Adrianne.

Elle se raidit imperceptiblement lorsqu'il voulut l'attirer plus près de lui. La sensualité faisait partie de l'image qu'elle projetait dans le monde, mais ce n'était là qu'une façade. Aucun homme ne l'avait encore possédée, et elle avait décidé bien des années auparavant qu'elle ne se donnerait à aucun. Pourtant, jamais elle ne s'était sentie aussi troublée par le contact d'une main d'homme sur le creux de ses reins.

– Vous êtes un ami de Lord et Lady Fume?

– Une simple connaissance.

Sa cavalière avait un parfum unique qui éveillait en lui des images d'alcôves orientales où se murmuraient des confidences féminines.

– Nous avons été présentés par une amie commune, Carlotta Bundy.

– Oh, Carlotta. Il ne me semble pas l'avoir vue ce soir.

– Non, elle est aux Caraïbes. Sa énième lune de

128

miel, j'imagine. Est-ce que vous êtes libre demain soir?

— Je m'efforce de rester toujours libre.

— Alors dînez avec moi.

— Pour quelle raison?

Philip comprit qu'il n'y avait aucune fausse ingénuité dans cette question. Il serra un peu plus la jeune femme dans ses bras comme pour mieux s'enivrer de son parfum.

— Parce que je préfère dîner en compagnie d'une jolie femme, surtout les promeneuses nocturnes.

— Vous êtes un romantique?

— Bien sûr. Pas vous?

— Non. Et je ne dîne jamais avec des inconnus.

— Mon nom est Philip Chamberlain.

Ce nom évoqua vaguement quelque chose dans l'esprit d'Adrianne mais elle ne put mettre le doigt dessus. Pour le moment, elle estima qu'il valait mieux jouer le jeu. L'orchestre passa à un rythme plus rapide mais le couple continua à chalouper de façon indolente.

— Vous préférez que Lady Fume nous présente l'un à l'autre officiellement?

— Que m'apprendrait-elle sur votre compte?

— Que je suis célibataire, toujours discret dans mes affaires, professionnelles ou autres. Que je voyage beaucoup et que mon passé est une énigme. Que j'habite à Londres la majeure partie de l'année et que j'ai une maison de campagne dans l'Oxfordshire. Je suis joueur, et je préfère gagner. Elle pourrait aussi vous dire que lorsqu'une femme me plaît, je n'hésite pas à le lui faire savoir.

— Est-ce par honnêteté ou simplement parce que vous êtes pressé?

— Cela dépend de ma partenaire, dit-il en souriant.

Adrianne avait l'impression qu'il s'agissait d'un défi à relever.

— Je suis descendue au Ritz, dit-elle. Je serai prête à huit heures.

Puis elle s'écarta et le laissa planté au milieu de la piste de danse. Philip cueillit une flûte de champagne sur un plateau et la but d'un trait, oubliant un instant ses manières de gentleman distingué.

Adrianne avait attendu une heure avant de s'éclipser de la salle de bal. Elle n'était venue qu'une fois dans cette maison mais les plans avaient suffi à rafraîchir sa mémoire. Le problème principal consistait à échapper à la vigilance de son hôtesse et de des domestiques. Adrianne choisit d'y aller au culot. Elle emprunta le grand escalier comme si elle était dans sa propre maison.

Au premier étage, Adrianne compta trois portes et s'arrêta à la quatrième. Par précaution, elle frappa doucement. Si quelqu'un répondait, elle pourrait toujours prétexter une migraine et demander un cachet d'aspirine. Mais personne ne répondit. Un coup d'œil de chaque côté et Adrianne se glissa dans la pièce.

Il lui fallut quelques secondes à peine pour trouver le coffre derrière une horrible nature morte. Examinant le modèle, elle jugea qu'une vingtaine de minutes lui serait nécessaire pour trouver le sésame.

Elle s'apprêtait à vérifier la fermeture des fenêtres lorsqu'elle entendit tourner la poignée de la porte. Adrianne se jeta dans une penderie et retint son souffle.

A travers les persiennes, elle vit la porte s'ouvrir. La lumière du hall lui permit de reconnaître l'intrus : Philip Chamberlain! Décidément, voilà un homme bien gênant, songea Adrianne. Il resta un moment à scruter la pénombre de la pièce puis Adrianne crut apercevoir un sourire sur son visage. Elle eut l'impression qu'il voyait à travers les portes de la penderie. Mais il rebroussa chemin et referma silencieusement la porte derrière lui.

Adrianne attendit deux minutes encore. Tout bien réfléchi, elle avait sans doute bien fait d'accepter son invitation à dîner. Il valait mieux garder un œil sur cet homme plutôt que de chercher à l'éviter.

L'ennuyeux, c'est que cela l'obligeait à modifier ses plans. Lady Fume pourrait conserver ses émeraudes, au moins pour quelque temps. Adrianne sortit de sa cachette et jeta un regard plein de regret en direction de la nature morte.

Mais il ne serait pas dit qu'elle avait fait le voyage à Londres pour rien. L'Ombre ne rentrerait pas bredouille.

La jeune femme allait tenir Philip Chamberlain occupé pendant quelques heures demain soir, puis elle rentrerait au Ritz pour enfiler sa tenue de travail. La riche Madeline Moreau perdrait son pendentif de saphir un peu plus tôt que prévu.

13

LE lendemain matin à huit heures et demie, Lucille, la femme de chambre de Madeline Moreau, ouvrit la porte à un jeune homme barbu qui paraissait un peu fluet dans son bleu de travail.

— Oui, vous désirez?

— Dératisation et désinfection en tous genres, sourit Adrianne sous sa barbe postiche. J'ai six appartements à faire ce matin, et vous êtes la première sur la liste.

— Madame ne m'a rien dit à ce sujet...

— C'est le gérant de l'immeuble qui nous a appelés.

De ses mains gantées, Adrianne sortit un formulaire rose de sa poche.

— Il y a eu des plaintes. Paraît qu'on a vu des souris.

— Des souris? grimaça Lucille. Le problème, c'est que ma maîtresse dort encore.

— C'est vous qui voyez... Si vous ne voulez pas que je vous débarrasse de vos petites bêtes, je vais passer d'office au client suivant. Vous voulez bien me signer ce papier? Comme quoi vous avez refusé nos services. Je veux pas d'ennuis avec mon patron au cas où un rat vous grimperait sur le mollet.

Lucille se mordillait un ongle. La seule idée qu'il puisse y avoir une souris dans la maison lui donnait des sueurs froides.

– Attendez, je vais demander...

– Prenez votre temps, je suis payé à l'heure.

Dès que la femme de chambre eut disparu dans le couloir, Adrianne se faufila dans le salon et se mit à soulever tous les tableaux. Chou blanc. A son retour, Lucille retrouva le spécialiste en dératisation adossé à la porte, en train de siffloter.

– Vous commencerez par la cuisine, lui dit-elle. Vous ferez les chambres après le départ de madame.

– A votre service, dit Adrianne en soulevant son pulvérisateur. Vous allez me tenir compagnie, j'espère?

Lucille le contempla un instant. L'homme n'était pas grand, ni très costaud, mais plutôt mignon.

– Peut-être... minauda-t-elle. Lorsque madame sera partie.

– J'attendrai...

Adrianne ne tarda pas à trouver l'alarme dans le débarras attenant à la cuisine. C'était un modèle ridiculement facile à neutraliser. Deux petites pinces pour détourner le courant, un ordinateur de la taille d'une carte de crédit pour programmer un nouveau code d'accès, et le tour était joué. Restait à découvrir l'emplacement du coffre...

Lorsqu'elle entendit des bruits de pas dans le couloir, Adrianne s'empressa de vaporiser un nuage de désinfectant dans la pièce. Lucille passa la tête à la porte et toussota en agitant sa main devant son visage.

— Madame veut savoir combien de temps cela prendra.

— Une heure, tout au plus. Je vais où ensuite ?

— Dans la chambre des invités.

Adrianne suivait Lucille à l'étage lorsqu'un flot de jurons leur parvint.

— Lucille, où diable avez-vous mis mon sac rouge ? Il faut que je fasse tout moi-même dans cette maison...

— Elle n'a pas l'air commode, la patronne, commenta Adrianne.

La soubrette fit la grimace et courut à la rescousse. Dix minutes plus tard, Adrianne entendit claquer la porte d'entrée. Madeline Moreau venait de sortir, la voie était libre.

Toujours armée de son pulvérisateur, Adrianne entra dans la chambre de la maîtresse de maison. Le coffre était dissimulé dans un renfoncement de la pièce transformé en bibliothèque. Au premier coup d'œil, Adrianne conclut qu'il ne devrait pas lui résister bien longtemps. Curieusement, plus les gens étaient riches, plus ils enfermaient leurs trésors dans de vulgaires boîtes métalliques...

Adrianne retrouva Lucille dans le hall d'entrée. La femme de chambre s'était pomponnée et parfumée.

— Vous avez fini ? demanda-t-elle en battant des cils.

— Les souris n'ont qu'à bien se tenir. Madame est partie ?

— Elle ne reviendra pas avant une heure...

– Ah, si j'avais un peu de temps devant moi, soupira Adrianne. A quelle heure elle vous libère le soir?

– Cela dépend de son humeur, dit Lucille en faisant la moue. Parfois elle me garde toute la soirée.

– Faut bien qu'elle se couche. Vous pourriez vous éclipser vers minuit? On se retrouverait au Bester Bar, dans Soho. J'habite juste à côté.

Elle fit un clin d'œil appuyé à la femme de chambre.

– Peut-être, répondit celle-ci.

Une heure plus tard, Adrianne appelait une auberge réputée, aux environs de Londres, pour réserver une table pour deux.

– Mon patron souhaiterait une certaine discrétion, dit-elle en prenant son meilleur accent britannique.

– Bien sûr. A quel nom dois-je inscrire la réservation?

– Smythe. Veillez à ce que le champagne soit frais pour minuit.

Puis Adrianne appela un fleuriste et réserva une limousine. Elle savait que Madeline Moreau ne résisterait pas à son plan. D'ici deux heures, elle recevrait un bouquet de roses accompagné de la lettre d'un mystérieux admirateur. Celui-ci l'inviterait à monter dans la voiture qui viendrait la chercher à onze heures du soir pour l'emmener dîner aux chandelles.

La pauvre Madeline allait au-devant d'une cruelle déception. Mais la bouteille de champagne et sa curiosité devraient la retenir un moment dans l'auberge. Elle ne serait vraisemblablement pas de retour chez elle avant deux heures du matin. Quant à la femme de chambre, elle serait partie à la rencontre d'un jeune barbu expert en dératisation...

Adrianne était d'excellente humeur en se préparant pour dîner. Elle opta pour une robe noire, des bas de soie et un manteau de fourrure. Lorsque la réception l'appela pour lui dire qu'un certain Philip Chamberlain l'attendait dans le hall, elle était déjà prête et se réjouissait à l'avance de cette soirée.

Philip portait un costume gris, de facture italienne assorti à ses yeux sur, un col roulé noir. Lorsqu'Adrianne parut, il lui tendit une rose. La jeune femme connaissait bien trop les hommes pour se laisser impressionner par une fleur mais elle le remercia d'un sourire.

— Je connais une auberge à environ quarante kilomètres à l'est de Londres. C'est un endroit agréable, calme, et la cuisine y est délicieuse.

Adrianne s'attendait à un restaurant chic en ville. Serait-il possible que Philip ait choisi de l'emmener dans l'auberge où elle envoyait Madeline Moreau?

— Vous êtes décidément un incorrigible romantique, dit-elle. Mais d'accord pour la balade en voiture. En chemin vous pourrez tout me dire sur vous.

— Il faudrait bien plus de quarante kilomètres pour cela.

Dès qu'ils furent installés dans la Rolls conduite par un chauffeur, Philip sortit une bouteille de champagne d'un seau de glace.

— Vous aimez Londres? demanda-t-il en faisant sauter le bouchon.

136

– Beaucoup.

– Que faites-vous de vos journées? continua-t-il en tendant une coupe à son invitée.

– Du lèche-vitrine. Je rends visite à des amis. Ou bien je me promène. Et vous? Que faites-vous?

– Ce qui me plaît, répondit-il laconiquement.

Adrianne apprécia le fait qu'à la différence de la plupart des hommes, il n'avait pas sauté sur l'occasion pour se lancer dans une tirade énumérant toutes ses activités professionnelles et extra-professionnelles.

– Vous disiez que vous étiez joueur...

– J'ai dit cela?

Tous deux avaient conscience de jouer un rôle sur cette scène exiguë que figurait l'intérieur de la Rolls. La partie était engagée, sans que ni l'un ni l'autre se sache exactement quel était l'enjeu.

– Quoi que vous fassiez, cela semble plutôt bien vous réussir, dit Adrianne en désignant d'un geste vague le luxe qui l'entourait.

– Je n'ai pas à me plaindre. Que faites-vous quand vous ne marchez pas seule dans les rues de Londres?

– Quand un endroit m'ennuie, je change de ville.

Philip sentit que ce n'était pas là le discours blasé d'une femme frivole.

– Vous allez parfois à Jaquir? s'enquit-il.

Un éclair passa dans les yeux d'Adrianne.

– Je n'ai pas de fascination particulière pour le désert, répondit-elle sèchement.

Le téléphone sonna. Philip s'excusa auprès de son invitée puis décrocha.

– Allô? Oui, c'est moi, maman.

Adrianne ne put réprimer un sourire amusé, cette intrusion maternelle lui paraissant des plus saugrenues.

– Non, je n'ai pas oublié, dit Philip dans le combiné. Demain sans faute. Mais non, tu ne me déranges pas. Je vais dîner. Oui. Non, pas du tout. Ecoute, je ne crois pas que...

Il couvrit l'émetteur d'une main et s'adressa à Adrianne.

– C'est ma mère, elle voudrait vous parler.

– A moi? fit la jeune femme en écarquillant les yeux.

– Elle est tout ce qu'il y a de plus inoffensive.

Adrianne prit le combiné.

– Allô?

– Bonjour, mademoiselle. C'est une belle voiture, n'est-ce pas? Chaque fois que je la prends, j'ai l'impression d'être la reine d'Angleterre. Comment vous appelez-vous?

– Adrianne Spring.

– C'est un joli nom. Amusez-vous bien. Mon fils est un bon garçon. Il est beau, n'est-ce pas?

– Oui, très beau...

– Mais ne vous laissez pas séduire trop vite. Par moments, il est pire qu'un ours.

– Vraiment? J'en prends note, madame.

– Appelez-moi Mary, comme tout le monde. J'espère que Philip vous amènera prendre le thé à la maison. A bientôt peut-être.

– Au revoir.

Philip récupéra le combiné.

– Non, maman, elle n'est pas jolie. Elle louche, elle a un bec de lièvre et une verrue sur le nez. Je t'embrasse. A demain.

Philip renouvela ses excuses auprès d'Adrianne.

– Pourquoi lui avoir dit que je louchais?

Il lui prit la main et la porta à ses lèvres.

– Je l'ai fait pour votre bien, croyez-moi. Elle me réclame désespérement une belle-fille.

– Oh, je vois.

– Ainsi que des petits-enfants.

– Je vois, répéta Adrianne en retirant sa main.

L'auberge était bien celle où Adrianne avait réservé quelques heures plus tôt! Heureusement, Madeline ne devait pas y arriver avant minuit.

Ils s'installèrent dans de superbes fauteuils victoriens à quelques pas d'une énorme cheminée où brûlaient des bûches de la taille d'un tronc d'arbre.

Dans ce cadre chaleureux, Adrianne parvint à se détendre complètement. Elle se découvrit des passions communes avec Philip. Il connaissait sur le bout des doigts le cinéma américain et la fit rire en imitant plusieurs grands acteurs. Il adorait également le jardinage, une passion qu'il pouvait satisfaire dans l'Oxfordshire comme dans sa serre londonienne.

– J'ai du mal à vous imaginer avec une bêche, dit Adrianne. Mais cela explique vos mains calleuses... Je trouvais qu'elles cadraient mal avec votre personnage.

– Nous avons tous nos masques et nos écrans de fumée, dit-il sur un ton plein de sous-entendus.

Lorsqu'ils regagnèrent la voiture après un excellent repas, Philip tenta quelques approches furtives. Mais toutes ses ébauches de caresses furent ignorées ou esquivées. Philip avait toujours eu un faible pour les femmes qui avaient une attitude saine et directe face à la sexualité. Pourtant, il se sentait irrésistiblement attiré par l'énigme Adrianne et par les contrastes qu'il devinait en elle.

Il choisit le moment où tous deux furent de nouveau confortablement installés pour lancer la question qui lui brûlait aux lèvres :

— Que faisiez-vous hier soir dans la chambre de Lady Fume ?

Adrianne sursauta. La soirée, leur conversation et le champagne lui avaient fait peu à peu baisser la garde.

— Je vous demande pardon ? fit-elle en mimant une vague curiosité.

— Je vous ai demandé ce que vous faisiez dans la chambre de Lady Fume pendant le bal.

— Qu'est-ce qui vous fait croire que j'y étais ?

— Je n'en crois rien. Je le sais. Votre parfum est très caractéristique, Adrianne. Je l'ai senti dès que j'ai poussé la porte.

Un silence tomba. Ne pas répondre risquait d'accroître les soupçons de Philip.

— J'étais montée recoudre un ourlet qui se défaisait. Dois-je me sentir flattée du fait que vous avez reconnu mon parfum ?

— Vous pourriez vous sentir flattée de ce que je ne vous traite pas de menteuse, répondit-il sur un ton léger. Mais le mensonge est sans doute l'apanage des jolies femmes.

Il étendit la main pour effleurer la joue d'Adrianne. Sa réaction le surprit. Ce qu'il lut dans son regard, ce n'était ni la colère, ni la rouerie, mais la peur. Une peur passagère, mais bien réelle.

— Nous sommes arrivés, parvint à dire la jeune femme, soulagée de se retrouver devant son hôtel.

— Pourquoi auriez-vous peur de m'embrasser ?

Comment pouvait-il lire aussi clairement dans ses pensées ?

— Vous vous méprenez, répondit Adrianne. La vérité est plus simple : je n'ai pas envie de vous.

— Attention, je vais finir par vous traiter de menteuse...

— Comme vous voudrez. Merci pour cette charmante soirée, Philip. Bonne nuit.

Le chauffeur avait ouvert la portière. Sans se retourner, Adrianne descendit de voiture et s'engouffra dans le hall de l'hôtel.

A minuit pile, Adrianne ressortit discrètement par la porte de service. Elle avait troqué sa robe de soirée pour un fuseau noir, un blouson, une casquette et des bottines de cuir à semelles souples.

Elle monta dans un taxi et se fit déposer à plusieurs centaines de mètres de chez Madeline Moreau. La rue était silencieuse, les maisons noyées dans l'obscurité.

Adrianne escalada le mur, se hissa sur un balcon et découpa un cercle dans la vitre. Puis elle glissa la main à l'intérieur et actionna la poignée.

Huit minutes seulement après son arrivée, Adrianne était devant le coffre-fort. Encore quinze minutes et elle ouvrait la lourde porte avec un frisson de plaisir.

Ignorant les documents et les bijoux de

moindre importance, Adrianne se saisit du pendentif de saphir qui luisait dans la pénombre. Elle l'empocha aussitôt, n'ayant pas le temps de l'examiner à la loupe. La pauvre Lucille avait dû se lasser d'attendre son joli barbu dans un bar de Soho.

Adrianne gagna la cuisine et récupéra le micro-ordinateur sur le système d'alarme. Autant ne pas laisser d'indice... Puis elle sortit aussi silencieusement qu'elle était entrée. Une fois dans la rue, la jeune femme poussa un soupir non pas de soulagement mais d'exaltation. Jamais elle n'avait pu expliquer à Céleste le plaisir presque physique qu'elle prenait lors de ses cambriolages.

Après s'être accordé quelques instants de répit et de jouissance, Adrianne s'enfonça dans le brouillard.

Philip n'aurait su dire pourquoi il était sorti. L'intuition peut-être, ou la simple curiosité... Il était retourné là où il avait aperçu Adrianne pour la première fois. La nuit semblait idéale pour un cambriolage.

Mais tout était désespérément calme aux abords de la propriété des Fume. Philip se mit à marcher au hasard. Ses pas l'entraînèrent devant le Ritz...

C'est là, au détour d'une rue, qu'il aperçut Adrianne. Il la reconnut au premier coup d'œil sous son blouson et sa casquette noirs. Il faillit l'appeler mais se retint. La suivant du regard, il la vit disparaître par la porte de service.

Les yeux levés vers les fenêtres de l'hôtel, Philip resta ainsi un long moment en faction, perplexe et songeur.

14

APRÈS sa courte nuit, Adrianne ne pouvait trop se permettre la grasse matinée. Rose, l'inséparable comparse de l'Ombre, avait une mission à remplir. Quant à la princesse de Jaquir, elle devait prendre l'avion pour New York en fin d'après-midi.

Au moment précis où Rose-Adrianne sortait du Ritz en mini-jupe de cuir et collants rouges, Philip Chamberlain y entrait. Il faillit même la bousculer et murmura un mot d'excuse.

Même déguisée, Adrianne s'était empressée de baisser les yeux. Le portier la regarda sortir d'un air désapprobateur, la prenant sans doute pour une prostituée qui venait de passer la nuit à distraire un riche homme d'affaires.

Rose prit le métro pour le quartier de West End où un receleur du nom de Freddie avait coutume de lui racheter ses pierres. Il devait avoir un client amateur de saphir car il offrit une somme généreuse pour le pendentif de Madeline Moreau.

A deux heures, Adrianne regagnait sa suite avec plusieurs grosses liasses de billets de banque dans son sac. Elle se démaquilla rapidement et jeta la perruque rousse dans sa valise. Elle était en sous-vêtements et robe de chambre lorsque la sonnette de la porte retentit. Elle alla ouvrir.

— J'espérais vous trouver ici, dit Philip en se glissant dans la chambre. Je suis passé plus tôt mais vous étiez sortie sans doute...

— Oui, j'avais une course à faire. Que voulez-vous?

— Vous avez déjà déjeuné?

— C'est gentil à vous, mais je pars dans quelques heures.

— Pour New York?

— Dans un premier temps, oui. J'organise un gala de charité et j'ai encore des masses de détails à régler.

— Et ensuite?

— Je dois aller à Cozumel, au Mexique. Un défilé de mode pour Noël.

Aussitôt, elle regretta de lui avoir révélé une partie de ses projets.

— Je suis désolée, Philip, mais je suis en train de faire mes valises.

— Continuez, je vous en prie. Je peux me servir un verre?

— Faites comme chez vous.

Rapidement, Adrianne tâcha de s'assurer qu'aucun objet compromettant ne traînait dans la chambre.

— Vous n'êtes peut-être pas au courant, dit Philip, mais il y a eu un cambriolage la nuit dernière.

Adrianne plia soigneusement son pull en cachemire.

— Oh, vraiment? Où cela?

— Chez Madeline Moreau.

— Non? fit la jeune femme en écarquillant les yeux.

144

Adossé contre la fenêtre, Philip ne perdait rien de ses réactions.

— Pauvre Madeline, continua Adrianne. Que lui a-t-on volé?

— Son pendentif de saphir.

Adrianne s'assit sur le lit, comme si ses genoux étaient soudain trop faibles pour la porter.

— C'est terrible, dit-elle. Et dire que nous étions tous chez les Fume il y a deux jours à peine. Elle portait son pendentif ce soir-là, n'est-ce pas?

— Oui, acquiesça Philip, qui appréciait en connaisseur.

— Elle doit être catastrophée. Je devrais peut-être l'appeler. A moins qu'elle ne veuille parler à personne. J'imagine que ses bijoux étaient assurés mais pour une femme, ils sont irremplaçables. Je crois que je vais m'offrir un verre de vermouth, moi aussi, puis vous me raconterez tous les détails.

Lorsqu'elle se leva pour se servir, Philip prit sa place sur le lit. Parmi les vêtements qui attendaient d'être rangés, il aperçut une mini-jupe en cuir bleu qui ne lui semblait pas correspondre au style d'Adrianne.

— La police a recueilli des indices? demanda la jeune femme.

— Le voleur a brisé un carreau puis a ouvert le coffre. Madeline était à la campagne. C'est là le détail piquant de l'affaire : elle était dans la même auberge où nous avons dîné.

— Vous voulez rire, nous l'aurions vue.

— Non, elle est arrivée plus tard. Pour se faire poser un lapin, d'ailleurs. Apparemment, le voleur a eu l'habileté de l'attirer hors de chez elle en lui faisant espérer une rencontre romantique avec un mystérieux admirateur.

– Quelle histoire incroyable! Au moins, elle n'était pas là quand le voleur est entré. Il aurait pu la tuer.

– Je doute que cela soit dans ses méthodes.

– Pourquoi selon vous n'a-t-il pris qu'un pendentif?

– C'est tout ce qui avait vraiment de la valeur.

– C'est un expert alors, dit Adrianne en continuant à faire sa valise. Je suis vraiment navrée pour Madeline. Mais je suis sûre que la police va arrêter le coupable d'ici quelques jours.

– Tôt ou tard, en tout cas. Pour le moment, les policiers recherchent un jeune homme barbu. Il semble que cet individu ait prétexté une opération de dératisation pour repérer les lieux et court-circuiter l'alarme. C'est lui, ou son complice, qui a vraisemblablement fait le coup.

– Tout cela est bien compliqué. Mais comment êtes-vous au courant de tous ces détails?

– J'ai des relations. Quoi qu'il en soit, je ne peux m'empêcher d'admirer ce voleur. Il a de la classe et de l'imagination. Cette ruse pour éloigner Madeline, c'est du grand style. Au fait, vous avez bien dormi hier soir?

– Pourquoi n'aurais-je pas bien dormi?

Philip souleva la mini-jupe et l'étudia en fronçant les sourcils.

– De mon côté, je n'ai pas fermé l'œil de la nuit. Je me suis promené; je suis même passé sous vos fenêtres aux environs d'une heure, une heure et quart.

Adrianne but une longue gorgée de vermouth.

– Vraiment? Vous aviez bu trop de champagne sans doute. En ce qui me concerne, j'ai dormi comme un loir.

– Pardonnez mon indiscrétion, mais cette mini-jupe ne vous ressemble guère.

Adrianne lui ôta la jupe des mains et la fourra dans sa valise.

– Un caprice, expliqua-t-elle. Merci de m'avoir apporté toutes ces nouvelles. Maintenant, je ne voudrais pas vous presser, mais il faut vraiment que j'accélère mes préparatifs. Mon avion décolle à six heures.

– Nous nous reverrons.

– On ne peut jurer de rien...

– Nous nous reverrons, répéta-t-il avec assurance.

Il s'était levé et approché de la jeune femme. Lorsqu'il passa une main derrière sa nuque, elle redressa instinctivement le menton. Mais lorsqu'il s'empara de ses lèvres, elle resta sans réaction.

L'emprise de Philip se resserra sur son cou. Normalement, cela aurait dû inciter la jeune femme à se dérober. Pourtant, elle se pencha vers lui. Cette concession apparemment banale était la plus importante qu'elle ait jamais faite à un homme.

C'était un geste accompli sur le vif, non prémédité, et aux conséquences inconnues. Philip avait seulement voulu goûter les lèvres d'Adrianne et peut-être lui laisser un doux souvenir. Les autres femmes se seraient offertes complètement ou se seraient débattues. Adrianne se contentait de se tenir là, comme pétrifiée par cette caresse inattendue. Ses hésitations étaient contredites par la douceur et la chaleur de ses lèvres.

Lorsque la jeune femme s'écarta enfin, elle était livide, et ses yeux semblaient pleins d'effroi.

— Partez, s'il vous plaît.

— Comme vous voudrez. Mais nous n'en avons pas fini. Et j'ai le sentiment que vous le savez aussi bien que moi. En attendant, bon voyage, Adrianne.

— Tu ne me dis pas tout, Adrianne. Je le sens.

— A propos de quoi?

La jeune femme était en train de superviser les ultimes préparatifs dans la salle de bal du Plaza. Les musiciens de l'orchestre accordaient leurs instruments, les domestiques déposaient les derniers bouquets de fleurs. Dans quelques instants, les portes laisseraient le passage à la foule la plus huppée de New York. Les gens viendraient manger, boire, danser et se laisser photographier. Ce privilège leur coûterait mille dollars, une somme qui serait remise à un hôpital pour enfants.

— Adrianne, veux-tu bien m'écouter?

— Mais je t'écoute, Céleste.

— Que s'est-il passé à Londres?

— Je t'ai déjà tout raconté. Et je n'ai vraiment pas le temps de parler de tout cela.

Céleste attrapa son amie par le bras et lui souffla à voix basse mais urgente :

— Est-ce qu'il y a eu un pépin?

— Non, absolument pas.

— Tu es si nerveuse depuis ton retour!

Le seul moyen de couper court à la conversation, c'était d'ouvrir les portes. Adrianne donna le signal.

— Les fauves sont lâchés, dit-elle à Céleste. Nous en rediscuterons plus tard, si tu veux bien.

Pendant toute la soirée, Adrianne alla de table en table, de groupe en groupe, pour échanger quelques mots avec ses invités de marque. Elle s'entretint ainsi avec Lauren Saint John, la seconde femme d'un magnat de l'hôtellerie, qui portait un tout nouveau collier de diamants et de rubis.

– Quelle merveille! fit Adrianne, admirative.

– Oui, Charlie me l'a offert pour notre premier anniversaire de mariage.

– Et dire que les gens prétendaient que votre union ne tiendrait pas. Il est superbe, vraiment.

– Soixante-dix carats de diamants, cinquante-huit de rubis. Sans compter les boucles d'oreilles. Heureusement, je suis assez grande pour porter tout cela. Il n'y a rien de plus vulgaire que ces petites femmes chargés de verroterie. Et plus elles vieilllissent, plus elles en mettent, dans l'espoir sans doute qu'on ne comptera plus leur triple ou quadruple menton.

Lauren examina le fin collier que portait Adrianne en ras-du-cou.

– Vous, en revanche, vous avez toujours très bon goût. J'aime beaucoup ce bijou.

Adrianne jugea inutile de lui dire qu'il s'agissait d'une simple imitation en zircon.

– Merci, dit-elle. Si vous voulez bien m'excuser, je dois remplir mes obligations d'hôtesse. Il faut que nous déjeunions ensemble un de ces jours pour parler du défilé de mode.

– Avec plaisir.

C'est en effet dans le nouvel hôtel de Charles Saint John au Mexique que devait se tenir le défilé de mode. Tout le gratin se trouverait encore réuni. Voler au milieu de la foule offrait à Adrianne la plus parfaite des sécurités. Elle sourit en songeant que le collier de Lauren ne verrait pas son second anniversaire de mariage.

— Ce sourire m'est-il destiné?

Adrianne venait de tomber littéralement dans les bras de Philip. Avant qu'elle ait pu émettre la moindre protestation, il l'avait déjà embrassée sur les lèvres.

— Je vous ai manqué? fanfaronna-t-il.

— Non.

— Heureusement que je sais déjà que vous êtes une menteuse.

Adrianne avait l'impression d'être le centre de tous les regards.

— Philip, cette soirée n'est pas ouverte à tous. Je suis sûre que vous n'avez pas acheté de billet.

— Voici un chèque pour vos bonnes œuvres.

C'était deux fois le prix du couvert.

— Merci, dit Adrianne en glissant le chèque dans son sac à main.

— Dansez avec moi.

— Non.

— Vous savez que j'ai été incapable de vous chasser de mon esprit?

— C'est que vous manquez d'occupations. Si vous voulez bien m'excuser...

— Adrianne, tu ne me présentes pas ton ami?

Céleste était intervenue avec l'à-propos des femmes d'expérience.

— Philip Chamberlain, maugréa Adrianne entre ses dents. Céleste Michaels.

— Je vous ai admirée au théâtre des dizaines de fois, dit Philip en lui faisant un baise-main.

Céleste était assez fine psychologue et suffisamment experte en hommes pour savoir qu'elle ne devait pas chercher plus loin la cause de la récente nervosité d'Adrianne.

— Vous vous êtes rencontrés à Londres? demanda-t-elle pour s'en assurer.

— Oui, mais Adrianne n'a pas pu rester longtemps. Et ce soir, elle me refuse une danse. Peut-être aurai-je plus de chance avec vous?

— Mais certainement...

Céleste s'éloigna au bras de ce cavalier impromptu. Par-dessus son épaule, elle jeta un œil en direction d'Adrianne.

— Vous l'avez rendue folle de rage, dit-elle.

— C'était le but de la manœuvre. Vous êtes une de ses amies?

— Elle est comme ma fille. Autant dire que j'ai l'intention de vous tenir à l'œil, monsieur Chamberlain.

— Appelez-moi Philip. Adrianne est si fascinante. Et bien mystérieuse.

Céleste fut soudain sur ses gardes.

— C'est surtout une femme hyper-sensible, et donc très vulnérable. Si j'apprenais par hasard que quelqu'un cherche à lui faire du mal, je pourrais devenir très méchante. Mais vous m'êtes plutôt sympathique et je vais vous donner un conseil. Avec elle, le charme ne marchera pas. Essayez plutôt la patience.

Philip porta son regard vers Adrianne. Celle-ci porta machinalement sa main à son cou et s'aperçut alors que son collier avait disparu. Elle apparut tout d'abord surprise puis, contrôlant une bouffée de colère, elle dirigea ses yeux vers Philip. Il lui répondit par un sourire triomphal. Le collier de faux diamants reposait tranquillement dans la poche de sa veste.

Adrianne avait décidé de lui faire payer cet affront. Elle tenait de Céleste que Philip était descendu au Carlyle. C'était tout ce dont elle avait besoin. Elle appela la réception de l'hôtel, inventa une confuse histoire d'agence de voyage et de billet d'avion pour obtenir le numéro de chambre de M. Chamberlain. Puis elle enfila sa tenue de travail...

Pénétrer dans le Carlyle par la porte de service fut un jeu d'enfant. Deux minutes plus tard, Adrianne était devant la porte de Philip. La serrure ne lui résista pas longtemps.

La suite était plongée dans la pénombre. Adrianne fouilla soigneusement le salon, mais sans résultat.

Elle ouvrit alors tout doucement la porte de la chambre. A l'aide d'une minuscule torche, elle entreprit de fouiller la pièce. Elle évita soigneusement de diriger le faisceau lumineux vers le lit, de peur de réveiller Philip.

Dans le dernier tiroir de la commode, Adrianne trouva enfin son bonheur. Le collier était là, à côté d'un petit coffret qui aiguisa la curiosité de la voleuse. A l'intérieur, il y avait des boutons de manchette en diamants, une épingle de cravate sertie d'une belle topaze et quelques bricoles en or. Adrianne tenait sa vengeance. Elle fit volte-face... et se se trouva nez à nez avec Philip.

Il la souleva dans les airs comme une plume et la cloua de tout son poids sur le lit.

– Bonjour, ma chère...

Il lui vola un baiser. Adrianne se débattit comme une belle diablesse, son corps d'anguille cherchant à se dérober. Tenant ses deux poignets d'une seule main, Philip alluma la lumière.

– Avouez que c'était un bon moyen de vous attirer dans mon lit, dit-il.

– Je suis venue pour mon collier, pas pour me vautrer dans votre lit.

Ses yeux lançaient des flammes. Ce n'était plus la frivole princesse de Jaquir mais une véritable tigresse.

– Vous m'avez tendu un piège.

– Je plaide coupable, sourit-il. Mais je suis un peu surpris que vous ayez pris tant de risques pour un collier qui vaut à peine quelques milliers de dollars. Seriez-vous sentimentale?

– Pourquoi l'avez-vous pris?

– Par simple curiosité. Pourquoi la princese de Jaquir porte-t-elle du verre coloré?

– J'ai bien mieux à faire avec mon argent que d'acheter des bijoux. Si vous me lâchez, je reprendrai mon bien et nous oublierons toute cette histoire. Je ne vous dénoncerai pas à la police.

– Il faudra trouver mieux que cela. N'oubliez pas que vous êtes entrée ici par effraction.

– Pour récupérer mon collier.

– Et mes boutons de manchette?

– C'était ma revanche. Je crois à la vengeance.

– Je vous lâche si vous me promettez de ne pas essayer de vous enfuir. De toute façon, je vous rattraperai.

– C'est promis.

Tous deux reprirent leur souffle, assis sur le bord du lit.

— Pourquoi une femme comme vous vole-t-elle?

— Encore une fois, je ne faisais que reprendre mon bien.

— Le pendentif de Madeline Moreau ne vous appartenait pas, lui.

Adrianne avait repris tous ses sens.

— Qu'est-ce que cela a à voir avec moi?

— C'est vous qui l'avez volé. Ou vous savez qui l'a fait. Le nom de Rose vous dit quelque chose?

— Rien.

— C'est la mini-jupe qui vous a trahie. Après le cambriolage, je suis allé bavarder avec une vieille connaissance, un certain Freddie, à West End. Il m'a parlé de Rose, il me la décrit. Et je me suis souvenu de la mini-jupe en cuir bleu sur votre lit au moment où vous faisiez vos valises.

— Si je comprends bien, vous vous êtes mis en tête que j'avais quelque chose à voir avec le cambriolage perpétré chez Madeline Moreau. Quel serait mon mobile? Je n'ai aucun besoin d'argent.

— L'appât du gain n'est pas toujours le mobile des voleurs.

— Mais qui êtes-vous, à la fin? Vous travaillez pour Scotland Yard?

— Vous brûlez. Je suis un voleur lancé aux trousses des voleurs.

— Dans ce cas, vous auriez aussi bien pu voler le pendentif.

— Il y a quelques années, c'est possible. Aujourd'hui, je travaille pour Interpol.

La lumière se fit dans l'esprit d'Adrianne. Elle

avait souvent entendu parler d'un voleur presque légendaire, connu seulement sous les initiales de P.C. – comme Philip Chamberlain. On lui attribuait les exploits les plus fabuleux, par exemple le vol du Wellingford, un diamant de soixante-quinze carats et de la plus belle eau. Puis, subitement, il avait pris une « retraite » anticipée. Adrianne se l'était toujours représenté sous les traits d'un vieux monsieur aux cheveux gris.

– Adrianne, ou bien vous me parlez à moi, ou bien ce sera à mes supérieurs. Si vous vous adressez à moi, je pourrais peut-être négocier un marché auprès d'eux...

– C'est très galant de votre part. Mais vous faites fausse route. Mes amis vont beaucoup s'amuser quand je vais leur raconter qu'on m'a prise pour un voleur international.

– Vous ne voyez pas que j'essaie de vous aider ? Vous pouvez laisser tomber la comédie. Nous sommes seuls dans cette chambre. Je vous ai vue le soir du cambriolage, toute habillée de noir, entrer par la porte de service de votre hôtel.

– Vous n'avez aucune preuve tangible à fournir à vos supérieurs.

– Pas encore. Mais ce n'est qu'une question de temps. Adrianne, je veux vous aider !

C'était ridicule, mais il avait l'air sincère.

– Pourquoi le voudriez-vous ?

– Ne faites pas l'enfant...

Sur ces mots, il s'empara de ses lèvres finement ourlées. Le sursaut d'Adrianne se transforma en frisson de plaisir. Pour la première fois de sa vie, elle s'abandonna, laissant ses mains caresser le corps d'un homme. Une chaleur diffuse naissait entre ses reins et se propageait dans ses veines comme un feu ardent.

Philip était comme enivré par son parfum. Jamais il n'avait autant voulu une femme. Il glissa une main sous son pull noir et écrasa un sein ferme et plein sous lequel il sentait battre un cœur éperdu.

Adrianne n'était plus maîtresse d'elle-même. Son corps ondulait non plus pour se dérober mais parce qu'il était en proie au désir.

Pourtant, soudain, le visage de sa mère lui apparut, baigné de larmes. Et elle entendit, étouffé par ses mains d'enfant, les râles satisfaits de son père.

— Non! cria-t-elle en repoussant Philip de toutes ses forces. Ne me touchez pas!

Philip était furieux de cette soudaine volte-face. Mais il vit que les larmes de la jeune femme étaient sincères et que sa panique n'était pas feinte.

— Du calme, dit-il, je ne vais pas vous faire de mal.

— Lâchez-moi, fit-elle en distribuant des coups désordonnés.

— Je n'ai pas pour habitude d'attaquer les femmes. Je vous fais mes excuses si j'ai mal interprété...

— Je vous ai dit que je n'étais pas venue ici pour coucher avec vous.

Philip poussa un long soupir : cette femme était plus éprouvante que les montagnes russes.

— J'ai l'impression que quelqu'un vous a fait beaucoup souffrir, dit-il soudain. Et que maintenant vous avez peur. De moi, peut-être, mais surtout de vous.

156

Adrianne se leva, prête à partir.

— Une dernière question, la retint Philip. Et je veux la vérité. Entre quatre yeux. Est-ce que vous faites cela à cause d'un homme?

Elle aurait dû ignorer la question.

— Oui, répondit-elle en revoyant le visage dur de son père. A cause d'un homme...

— Est-ce qu'il vous menace? Il vous fait chanter?

— Cela fait trois questions. Je peux au moins vous dire ceci : tout ce que j'ai fait, c'est par choix volontaire.

Elle sortit de sa sacoche le coffret appartenant à Philip et le lui lança.

— Nous sommes quittes, dit-elle. Au moins pour aujourd'hui...

LA COMPOSITION, L'IMPRESSION ET LE BROCHAGE DE CE LIVRE
ONT ÉTÉ EFFECTUÉS PAR LA SOCIÉTÉ NOUVELLE FIRMIN-DIDOT
MESNIL-SUR-L'ESTRÉE
POUR LE COMPTE DES PRESSES DE LA CITÉ
EN AVRIL 1993

Imprimé en France
Dépôt légal : mai 1993
N° d'impression : 23400
ISBN : 2-285-01064-8
ISSN : 1158-6117